我が王と賢者が囁く

我《わ》が王《おう》と賢者《けんじゃ》が囁《ささや》く

飯田実樹《いいだみき》

ILLUSTRATION：蓮川《はすかわ》 愛《あい》

我が王と賢者が囁く

LYNX ROMANCE

CONTENTS

我が王と賢者が囁く

セリウス歴八六三年。

世界は平和の中にあった。

かつて大陸がひとつだった頃、いくつもの国々が争い戦争が起き、人々は憎しみ合い傷つけ合った。人々の争いによる憎悪が、やがて「闇魔」という化け物を産み出し、世界に恐怖と混乱が渦巻いた。

空は闇に包まれ、大気は荒れ狂い、地は揺れ、「闇魔」が生きとし生けるものに襲いかかり、この世からすべての生命が消え去るかと思われた。

だがその時、大魔導師にして、大賢者であったセリウスが、神と契約し、その身を挺《てい》して「闇魔」を封印した。

世界は救われた。しかしその時ひとつだった大陸は天変地異により大地が分かれ、国々は崩壊した。わずかに残された人々は、その救われた命を喜び平和を誓った。

それから八百年余り……その世界の暦に「セリウス」の名が使われる以外は、すべてが伝説として語り継がれているのみで、真実を知る者は誰一人いない。

わずかだった人間達は、長い時をかけて繁栄し、それぞれの土地に国を作った。

分かれた大陸の間には、大きな海ができ、その交流を長く阻んでいたが、人々の繁栄と共に、長い航海に耐える船が造られ、少しずつ国交が結ばれるようになっていった。

伝説として語り継がれる「セリウス戦記」は、分かれた土地に関係なく、すべての国々共通の聖書になっていた。

そして「闇魔」の爪あとは、八百年経《た》った今もわずかながら残り、「妖獣」「妖魔」という姿で、時に人に害をなす天敵となっていた。普段は特定の森や荒地にしか生息していないが、時折村や町に現れ人を襲うこともあった。小動物くらいの小さなものから、人と同じくらいの大きさのものまで、種類も様々だった。人々は剣や魔術で、それらと闘うことが当面の問題であり、解決のために同盟を組む国もあり、人間同士はうまく平和を保って暮らしていた。

そんな剣と魔法が存在する世界の物語。


最も大きな大陸の中央にあるニーヴェリシア王国。その王都イリアシスは、大賢者セリウスが闇魔を封印した聖地と伝えられている。

この世界で、最も信者の多い宗教イリアス教の聖都でもあり、その中心には王城と共に、荘厳な雰囲気の立派な聖教会が建っている。

聖教会には、ニーヴェリシアの民達ばかりではなく、イリアス教を信仰するたくさんの人々が日々訪れていた。特に、毎月十一日の大賢者セリウスの月命日に行われる典礼には、教会に入りきれないほどの人々が集まる。

その日行われた典礼にも、多くの人々が集まった。

祭壇に立つ司式者が祈禱《きとう》の儀式を行い、最後に経典を詠唱し始めると、人々は感嘆の息を漏らしながら聞き入った。中には涙を流して手を合わせる者もいる。

司式者の詠唱は、美しい天上の歌のようだった。精霊のような優美な姿で、経典を詠唱する司式者を一目見ようと、国の内外から人々が押し寄せていた。

司式者の名は、ルー・リーブ・ヴァーリィ。二十七歳という若さで、国王より聖職者の最高位「大聖官」である「ルー」の称号を賜った。セリウスの生まれ変わりと言われるほどの魔力を持つ、大魔導師にして大賢者だった。

だが正確には「次期大聖官」だ。称号を賜っただけで、正式なニーヴェリシア聖教会の大聖官には就任していない。現大聖官より、すぐにでも譲りたいと何度も言われているが、まだ早いと断り続けている。その代わり、半年ほど前から、現大聖官に代わり月命日の典礼を司式しているのだ。

「リーブもすっかり板に付いてきましたね。ようやく観念したのではないですか？」

祭壇の外で見守っていた助聖官のディレトルが、隣に立つ大聖官にそっと囁《ささや》きかけた。大聖官は、何も答えずに静かに見守っている。

「それにしても祭服を着たリーブは美しいですね。絵画に描かれているイリアス神のようだと、皆が申しております。おかげで回を重ねるごとに、教会に来る信者の数がどんどん増えています」

ディレトルが続けてそう言った。

月命日の典礼を行うリーブは、大聖官の祭服に身を包んでいた。白銀色の法衣をまとい、頭には見事な細工が施された宝冠を着用している。腰まで届く美しい金色の髪が、祭服を更に美しく飾っている。それればかりではない。リーブは、美女と見紛《みまが》うばかりの容姿をしていた。

その美しい姿に人々は魅了され、特に女性達に人気があった。

「リーブが大聖官になることを渋っているのは、若輩者だと遠慮しているからでしょうか？　でも彼は大魔導師で大賢者だ。彼の実力に敵《かな》う者などいませんから、堂々としていてもいいのに……それにこの人気……誰も文句を言う者などいないでしょう」

「あれは目的を果たすまでは一所に留まってはおられぬのだろう」

「え？」

それまで黙って見守っていた大聖官がポツリと言った言葉に、ディレトルは不思議そうな顔をした。

「大聖官様……それはどういう……」

ディレトルが尋ねようとした時、典礼が終了した。

集った人々が、大聖官から祝福の言葉を貰《もら》おうと、祭壇の方へ押し寄せてくる。ディレトルは慌てて他の聖職者達と、人々の整理に動いた。

リーブは昼間の喧騒《けんそう》が、嘘《うそ》のように静まり返った教会の中にいた。祭壇に灯《とも》された蠟燭《ろうそく》の火を、仲間の聖職者達と共に、ひとつずつ丁寧に消す作業をしていた。

そんな作業をする姿さえも、神秘的で美しく、まるで月の精霊が祭壇の前に舞い降りたようで、時折はっとしたように、仲間の聖職者達は目を奪われて手を止める。

豪奢《ごうしゃ》な祭服ではなく、皆と同じ黒い平服に着替えていても、その美しさに変わりはなかった。

「どうかなさいましたか？」

リーブに尋ねられて、皆は慌てて作業に戻り、何事もなかったように誤魔化《ごまか》す。それをリーブは不思議そうに少し首を傾《かし》げながら見つめた。

「お前が別人のように真面目《まじめ》に職務を全うしているから、皆が不思議がっているのだろう」

見回りに来た助聖官ディレトルが、からかうように声をかけた。

「ディレトル様……」

リーブが会釈をした。

「今日の典礼もとても素晴らしかった。大聖官様もお喜びだよ。お前もようやく自分の立場を自覚してきたようだね」

「とんでもありません。私はまだまだ修行の身……大聖官様の代理を務めるには、役不足だと日々痛感しております」

「代理ではない。そもそもお前はルーの称号を賜っているれっきとした大聖官なのだよ？　大聖官マティアス様は早くお前に譲りたいと思っておいでだ。マティアス様のお歳《とし》を考えなさい。お前は今まで散々好き勝手をしてきたのだ。そろそろ聖職者としての自覚を持ちなさい」

ディレトルの小言が始まると、リーブだけではなく、他の聖職者達もうんざりとした表情をした。長くなると分かっているからだ。

「大体、吟遊詩人の真似事《まねごと》をして、世界中を放浪する司祭など聞いたことがない。一度ふらりと出ていけば二年も三年も戻らず……その間、お前の所業が陛下に知られぬように、いつも大聖官様が苦心されておいでなのだぞ？　すべては大聖官様が、お前に期待しているからだ」

リーブは俯《うつむ》き気味に、ディレトルの小言を聞いていた。殊勝な態度で聞いているように見えるが、内心はいかにしてこの場を逃れるかの算段をしていた。

「ディレトル様、大聖官様がお探しです」

そこへ若い見習いの修道士が、ディレトルを呼びにやってきた。

「すぐに参る……リーブ、分かったな？　心を入れ替えて神職に専念するのだよ？　では火の始末を頼んだよ」

ディレトルがリーブ達にそう言って去っていったので、一同は心から安堵《あんど》の息を漏らした。

「リーブ、助かったな」

側《そば》にいた仲間がそう声をかけたので、リーブは苦笑しながら作業に戻った。


深夜の聖教会から抜け出す人影があった。閉ざされた堅固な門を軽々と乗り越えて、寝静まったイリアシスの城下町を颯爽《さっそう》と、その人影は走り去っていく。

月のない真っ暗な夜だった。闇夜に紛れて、誰にも見つかることなく城下町を抜けると、ようやくその足を止めた。

顔が隠れるほど深く被《かぶ》っていた黒いフードを後ろに払うと、闇夜でも分かるほど、金色に輝く髪に覆われた頭が現れた。

ルー・リーブ・ヴァーリィである。

リーブは一度、城下町の方を振り返った。ここから聖教会は見えないが、その方角をしばらく見つめて、軽く会釈をする。

「大聖官様ごめんなさい。これを最後にしますから、どうかお許しください」

リーブは両手を合わせてそう呟《つぶや》くと、再び歩き始めた。

大聖官宛の手紙も置いてきた。リーブは旅に出たのだ。これが三度目になる。

最初に聖教会を抜け出して、旅に出たのは四年前。半年ほど流浪して、聖教会に戻った。その時は司祭達から散々叱られて、一か月間謹慎させられた。

それから半年後、二度目の旅に出た。その時は二年半の長きに渡り放浪したので、戻った時はただでは済まされないほど、問題視された。

聖教会に属する十二人の上位司祭達が、リーブの処遇について三日間審議を行った。中にはとても怒り、ルーの称号を国王に返上させようという者までいたが、大聖官がその場を取り持った。セリウスの月命日典礼を、大聖官の代理として行うことで、リーブの所業は許されることになったのだ。

大聖官に対して申し訳ないと思い、リーブはこの半年、真面目に務めを果たしてきたが、そろそろまずいと思い始めて、とうとう三度目の旅に出ることにした。

大聖官の代理を見事に果たすほど、皆がリーブに期待を寄せる。老齢の大聖官の身を案じて、早く継承しろという雰囲気が高まる。

今、抜け出さなければ、もうこのまま大聖官にさせられてしまいそうだと感じた。だからお咎《とが》めを覚悟で旅に出たのだ。

恐らくこれが最後の旅になるだろう。戻ればどのような罰が待っているか知れないし、許されたとしても、今度はまちがいなく大聖官を継承しなければならない。

リーブは広い世界に憧れていた。様々な国を見て回り、あらゆることを知りたかった。

幼い頃に孤児として聖教会に拾われ、修道士として育ってきたリーブは、教会の外を知らなかった。思いを募らせたリーブは、ある日とうとう教会を抜け出して旅に出たのだ。

自分の素性を隠し、名を変え、吟遊詩人として旅をする。それは今まで知ることのなかった様々な体験ができる刺激的な生活だった。

そしてリーブの旅の目的は、世界への憧れだけではなかった。

『自分が何者かを知りたい』

幼い頃孤児として教会の前に転がっていたリーブは、『リーブ』という自分の名前以外、何も覚えていなかった。親の名前も、住んでいた場所も、何も分からなかったのだ。金色の髪やその容姿から、ニーヴェリシアの民ではないと誰かに言われて、それ以来ずっと自分が何者で、どこから来たのか……その手掛かりを探していた。

「さてと……昼までに国境を越えられるかな？」

旅装束に身を包んだリーブは、大きな麻袋を肩に担ぎ直すと、颯爽とした足取りで歩き始めた。


真っ白な場所に、一人の男が立っていた。

真っ白な場所……そこがどこかは分からない。何もない。地面も天井も壁も、周囲にも何もない、ただ真っ白な場所だった。白い濃霧に包まれているような気もする。

『気もする』と思ったのは、あまりにもあたりが白過ぎて、目で見ている感覚さえも怪しかったからだ。

男はただ呆然《ぼうぜん》と立ち尽くしていた。

気がついたらそこにいたのだ。

ただぼんやりと佇《たたず》みながら『これは夢だな』と冷静に思った。

「また泣いてるの？」

ふいに声がして、そちらへ視線を向けた。真っ白な空間に、まるで突然浮かび上がったかのように、人の姿が現れた。五、六歳くらいの子供だ。

肩にかかる金色の髪は、緩やかなウェーブを作り、柔らかな綿毛のようだ。妖精かと思うほど、綺《き》麗《れい》な姿をしている。男なのか女なのか、一目では性別を判断しかねる。

「泣いてはいない」

男は答えた。内心は驚いているはずなのだが、ひどく冷静にその子供を見つめる。

「じゃあなんでそんな顔をしているの？」

子供がまた問いかけた。

「そんな顔……？」

男は思わず自分の顔を、両手で擦《こす》った。すると子供が笑みを浮かべる。

「迷子のような顔をしてる」

「迷子……？」

男は少しだけ眉根を寄せた。

「不安そうだよ？」

子供は更にそう続けた。

「不安……不安なんかじゃないし、迷子でもないし、泣いてもいない」

男は怪訝《けげん》そうな顔で、すべてを否定した。すると子供はゆっくりとした足取りで、男の下へ歩み寄ると、男の右手を小さな両手でそっと握った。

さすがに男は驚いて、目を大きく見開きながら、子供を見つめている。子供は男を見上げて微笑《ほほえ》んだ。

「大丈夫だよ」

「え？」

「もうすぐだから」

「え？」

「もうすぐだから……」

子供はそう言いながら、白い空間に溶け込むように姿を消してしまった。

「あ！　待て！　おい！」

男は慌てて子供の体を摑《つか》もうと、宙を両手で搔《か》いた。

「おい！」

大きな声に驚いて飛び起きた。そこは白い場所ではなかった。見慣れた自分の部屋だ。

男は自分の声に驚いて目を覚ましたのだ。大きなベッドの真ん中に座り、呆《ほう》けたようにあたりを見回した後、両手で顔を覆った。大きな溜息《ためいき》を吐《つ》く。

開け放たれた窓から、時折そよ風が吹き込み、窓にかけられた薄い生地のカーテンを揺らした。外がほんのりと明るい。遠くで鳥の鳴く声がした。夜明けだ。

「久しぶりに見たな……」

男は独り言を呟いた。そしてふいに、はっとしたように顔色を変えると、ベッドから飛び降りて服を着替えた。

「キリク！　キリク！」

庭で花に水をやっている青年の下に、大きな声で名前を呼びながら男がやってきた。キリクと呼ばれた青年は、少し驚いたように男を見て微笑んだ。

「バード様、おはようございます。今朝は早いのですね」

「キリク！　宝珠が現れる」

「は？」

「だからオレの白き宝珠が現れるんだ」

血相を変えて、いきなり男がそう言ったので、キリクは更に驚いて目を丸くした。

「白き宝珠様が現れたのですか!?」

「馬鹿！　まだだ！　オレは『現れる』と言ったんだ。今現れたわけじゃない」

男は逆切れしたように、眉間にしわを寄せてそう怒鳴ったので、キリクは呆《あき》れたような顔をして溜息を吐いた。

「バード様、我がナーガ族の族長、シークの王、何か悪い夢でも見て寝ぼけているのですか？」

キリクは、再び花に水をやり始めたが、男はキリクの手を摑んでそれを止めさせた。

「真面目に聞けキリク！　そうだ。夢だ。夢を見たんだ！　あの夢を！」

男は大きな背凭《せもた》れの付いた椅子に、足を組んで座っている。その表情は憮然《ぶぜん》としていた。

男の名はバード・アグラ。

南に位置する島国シーク王国の若き国王だ。シーク王国は、ナーガ族という単一民族の国で、セリウスによる闇魔討伐の事変よりも前から、この地に王国を築いていた。世界崩壊後も存続する数少ない古い国だ。

ナーガ族は遥《はる》か昔、海賊を生業《なりわい》とする流浪の民族だった。世界が混沌《こんとん》とし始めた千年ほど前に、現在の島に辿《たど》り着き、海賊を辞めてこの地に根を下ろした。

世界の滅亡という危機を、セリウスによって救われ、なんとか生き残った人々は、『争い』を悪《あ》しきものと心に刻み、戦争をやめ、平和を願い、多くの人々がイリアス教に救いを求めた。

ナーガ族もまた同じではあった。

しかし戦闘部族である彼らは、海賊を辞めて、この地で田畑を耕し、魚を獲《と》り、商売に励み、普通の暮らしをしていても、戦いへの熱い想いを断つことはできなかった。

彼らは戦いへの熱い想いの矛先を、妖獣へと向けた。

妖獣討伐を専門とする傭兵《ようへい》部隊を作り、世界中の国々へ派遣して、妖獣被害に喘《あえ》ぐ国々を助け、それを交易の代わりとした。

黒い髪と黒い瞳、褐色の肌の屈強な体軀《たいく》。それがナーガ族の証《あかし》である。

シークの王バードも、筋肉隆々の屈強な体軀をしていた。だがその恵まれた体格を持て余している。

それというのも、バードがシークの王に即位して十二年になるが、ある事情により、王としての務めが制約されてしまい、自由に国外へ赴くことができなかった。

先陣を切って、妖獣討伐を指揮したくともできなかったのだ。

その事情とは、族長の伴侶……すなわち后《きさき》がいないことにより、王に即位しながらも、正式に真の王とは認められていなかったのだ。

ナーガ族は、古い民であるため、古《いにしえ》より受け継がれている風習があった。ナーガ族を束ねる族長は、親子による血の相続ではなく、ナーガ族の護《まも》りでもある『石』によって決められていた。『星詠み』と呼ばれる呪術師達が、石の発する魔力を読み取り、予言を行い、ナーガ族にかかる災いを退け、長き繁栄をもたらしてきた。

石は、ナーガ族の始祖の下へ、天から落ちてきたと言われている。その頃世界にはまだ国がなかった。たくさんの民族が入り乱れ、小さな部落を作り、小競り合いをしながら生きていた。

石を手にしたナーガ族の始祖は、不思議な力により、屈強な体と勇敢な意志を手に入れ、他の人間ばかりか、野山にいる猛獣さえも倒し、怖いもの知らずの戦闘部族として繁栄していった。

千年前、世界の破滅を予言した石に導かれ、遥か南の島へ移住を果たし、闇魔による天変地異から逃れることができた。

それ以来、石に護られたこの島で、王国を築き、繁栄を続けている。

王政の国シークと変わった今でも、ナーガ族としてのしきたりは続いている。国王は血族ではなく、石が決めた族長が王位に就いた。

そして族長の伴侶も石が決める。族長とその伴侶は、ナーガ族にとって絶対不可欠な存在であった。石が定めた族長と伴侶が、揃《そろ》って石と契約を結ぶことで、石の魔力が最大限に発揮され、ナーガ族を護り栄えさせると信じられている。

王一人では、真の王とは認められず、族長としての役目を果たすことはできない。

伴侶のいないバードは、そういう立場にあった。

だが決して、バードの伴侶を石が選ばなかったわけではなかった。石は次の族長を決める時、同時に伴侶も決める。

バードが次期族長と予言された時、バードの伴侶も予言された。

『白き宝珠』と……。

どの村の誰と、名指しされることもなく『白き宝珠』という曖昧《あいまい》な呼称で、伴侶が予言されるなどかつてなかった。

星詠み達は何度も石に呼びかけ、その真意を探ろうとしたが、石はそれに答えてはくれなかった。様々な方法を駆使して、島中を捜索したが、それに該当するような娘を見つけ出すことができずに今に至る。

伴侶のいないまま王を続けることは許されない。

シークの王が退位するのは、王自身が死ぬ時と、伴侶のいない状態が十五年続いた時だ。つまり伴侶が先立つ場合は、たとえ王が健在でも十五年経てば退位しなければならない。それがナーガ族の決まりだ。

バードは即位してから十二年になる。このままでは、伴侶を迎えられぬまま退位しなければならない。残された時間は三年しかない。

「それではバード様は、昔、ご自身が次期王と予言された頃に度々見ていたという夢を、久しぶりにご覧になったというのですね？」

キリクはそう尋ねたが、椅子に座り憮然とした様子のバードは、何も答えなかった。その様子に、キリクは腕組みをして首を傾げる。さっきまでの勢いは一体どこに行ったのだろうと思った。

「なぜそんなお顔をなさっているのですか？　喜ばしいことではないのですか？　バード様は、その夢が白き宝珠の現れる兆しではないかと思われたのでしょう？」

「どうせ信じていないのだろう？」

ぽつりとバードが呟いた。

「え？」

キリクが聞き返すと、バードは不機嫌そうに眉根を寄せる。

「どうせお前は信じていないのだろう？　オレが寝ぼけていると思っているのだ」

「そんなことはありません！　私はバード様の側近ですよ？　バード様が王位に就かれる前から、ずっとお側でお仕えしております。誰よりもバード様をよく知り、誰よりもバード様を敬愛しているのです。バード様の言葉は、すべて信じておりますよ！」

キリクは、とても心外だという顔で、そう答えた。バードはまだ少しばかり不機嫌な顔をしている。

「バード様、その夢に白き宝珠様が出てきたのですか？」

「いや……分からん……確かに……確かに昔見た時は、その者が白き宝珠なのだと思っていた。だが昨夜見た夢でも、その者は昔と変わらぬ子供の姿をしていたのだ。だからあの者ではないのかもしれない。だが……」

「だが、なんですか？」

言い淀《よど》むバードに、キリクはその先の言葉を促した。

「その者が言ったのだ……『もうすぐだから』と」

「もうすぐだから……！　バード様！　それはきっとそうです！　そうですよ！」

キリクは明るい表情に変わった。そばかすのある頬《ほお》を少し紅潮させて、ナーガ族にしては少し色素の薄い茶色の瞳を輝かせて、興奮気味に大きな声を出していた。

「ん～……そうかなぁ……」

当の本人は随分消極的になっていて、キリクと温度差がある。

「バード様！　しっかりしてください！　バード様が信じなくて、他に誰が信じるというのですか!?　族長と伴侶は不思議な縁《えにし》で結ばれていると言います。きっと白き宝珠様が近くにいるのですよ！」

「……本当に不思議な縁で結ばれているというのならば、なぜもっと早く現れないのだ？　それに夢の中のあの者は、改めて見たらナーガ族ではなかった。金色の髪に白い肌の異国の者だった」

「その夢の中の者は子供の姿なのでしょう？　もしかしたら石にまつわる精霊の姿かもしれないではありませんか」

「お前は……ああ言えばこう言う……よくも次から次にそんな妄想が浮かぶなぁ」

バードが呆れたような表情で言ったので、キリクは眉根を寄せた。

「そんな他人事《ひとごと》みたいに言わないでください。私は真剣にバード様の話を聞いているというのに……こんなことをしている場合じゃないでしょう？　すぐに周辺を捜索させましょう！　それとも星詠み様達にお伺いを立てますか？」

「う～ん」

バードが腕組みをして唸《うな》った時だった。

「うわぁぁぁ!!」

突然、大きな悲鳴と共に、部屋の真ん中に何者かが落っこちてきた。

ドサリと派手な音を立てて、突然『落ちてきた』侵入者に、バードもキリクも、これ以上ないほど両目を見開いて驚いた。


それはほんの少しばかり前のこと。

抜けるような青空が広がっていた。

真《ま》っ直《す》ぐに続く道を、一人の旅人が歩いていた。

随分高い場所で、鳥が二羽旋回しながら高らかにさえずっている。

昼頃に前日に立ち寄った宿屋の奥さんから貰った弁当を食べて、のんびりと北へ向かっていた。町を出てから二刻ほど経っているが、前を歩く人は見えず三回ほど南へ向かう馬車とすれ違ったくらいで、とても静かな旅路だった。

「いい天気だし、静かだな〜」

リーブは、思わず鼻歌を歌っていた。西を見ると荒野と岩山が見えるだけだ。東に視線を向けると、小さな森を点々と見ることができた。その遥か先には、随分高い山岳が見える。

「東の方に行ってみるのもいいな〜」

ふいに、リーブは気まぐれに考えた。しかしこの大陸は初めてだし、とりあえずは一番近い大きな町マッコルへ行って情報収集をした方が良さそうだと思い直して、そのまま北へと歩みを進めた。

「マッコルで馬でも買おうかな」

ニーヴェリシアのある大陸の東隣に位置する大陸に来ていた。この大陸は広いし、長い旅路になりそうだ。こんな風にのんびり歩いて、行く先々の町や村に逗留《とうりゅう》しながら旅していたら、この大陸だけで二〜三年はかかるかもしれない。まあリーブとしてはそれでもいいのだが、やはり徒歩の旅は、時間がかかって退屈してしまう。

ただひたすら北へと向かって歩いていたが、ふいに何かの気配を感じて足を止めた。近くの森から、何かを感じる。道を逸《そ》れて、森へと向かって歩き出した。それは小さな森で、特に危険も感じられなかったが、何か頭がざわざわする感覚がある。あとちょっとで森の入口という所まで来て、突然ブーンという耳鳴りのような頭痛を引き起こす音がした。「ウッ」とリーブは両耳を押さえて、頭を抱え込みその場に立ち尽くした。フッと音が止んだと思った瞬間、近くで何かが爆発したような衝撃がして、リーブは弾《はじ》き飛ばされ後ろに尻餅をついた。

「イテテテ……」

突然のことに何も対応ができず、翻弄されてしまって、何が起きたんだ？　と、リーブは周りを見まわした。前方の森は特に変わりなく、先程の爆発のようなものも、周囲の草木は何も異変がないので、何だったのか不明だ。しかしリーブが立ち上がって、落ち着いてよく見ると、今までそこになかったものが出現していることに気がついた。

リーブの前方。森の入口に『何か』があるのだ。リーブは恐る恐る近づいてみた。それは『穴』のようだった。

『ようだった』と表現したのには訳がある。突然『空間にそれがある』からだ。丸い大きな黒い『穴』がそこに突然出現していた。周りの風景と見比べても、そこに『何もない』から明らかだった。そこに見えるべき、向こうの景色が見えないのだ。黒い丸い空間が突然そこに現れた。

リーブは、しばらく眺めた後、そっと右手を穴の中にかざしてみた。グイッと引きずられるような感覚がしたので、慌てて渾身《こんしん》の力で手を引き抜いた。

「これは……もしかして……『精霊の回廊』？」

リーブは、驚いた顔でそう呟いた。噂《うわさ》で聞いたことはあるが、見たのは初めてである。だからこれが本当にそうであるかは確信がない。

『精霊の回廊』とは、セリウス戦記でこの世界が混沌として、大陸が分かれるほどの変動があった時以来、世界のあちこちで前触れもなく突然出現する空間の歪《ゆが》みのことだ。その穴に入ると、その先のどこかに繋《つな》がっていて、一瞬にして移動できるらしいが、その空間の先がどこに繋がっているかは、まったく予想ができないらしい。

それを体験したという人物が、体験記を書物として、何冊か残している。

『精霊の回廊』の出現が、どれほどの頻度なのか分からない。様々な学者が研究をしたが、未《いま》だに謎《なぞ》は解明されていなかった。

学者の中には『空想の産物』と言う者もあったが、二百五十年前のイリアス大聖官・ウルド氏が、若き日に体験したという日記が発見されてから、『実際に存在する』という説が有力となっていた。

リーブはしばらくその『穴』の前で、考え込んでいたが、沸々と体の奥底から好奇心が湧《わ》き上がってきて止められなくなっていた。

「どっかに飛ばされるだけで、死にはしないんだし……たぶん……」

そう誰に言うでもなく、説得するように独り言を呟いた。腰の剣がしっかり結わえられているのを確認して、肩に担いでいた荷物の紐《ひも》をしっかりと結び直すと、決心したように頷《うなず》いてキッと前を見据えた。右足を思いきって穴へと入れてみた。すると強い力に吸い込まれ、リーブの体はあっという間に穴の中へと消えていった。


ドサドサッと激しい音と共に、リーブは高い所から落とされた。

「い……痛～～～～っっっ!!」

腰や背中を激しく打って、思わず大声を上げた。頭がクラクラする。痛みをこらえながら、あたりを見ると、それはどこかの部屋の中だった。

高い天井と、広い空間、装飾品を見る限り、そこは随分立派な屋敷のようだ。きっとこの部屋の天井にでも穴が繋がっていて、そこから落っこちたのだろうと、天井を恨めしそうに見上げたが、そこにはもう何もなく天井があるだけだ。

とりあえず腰を押さえながら、もがくようになんとか起き上がろうとした。

「誰だ！」

ふいに大きな声がしたので、リーブはビクリとしてその声の主を探した。見ると大きな図体の男がこちらへと歩み寄ってくる。

「あ……失礼……決して怪しい者ではないんです。無断であなたの家へ侵入するつもりはなかったのですが、これには色々と訳が……」

リーブは一生懸命言い訳をしながら、もしもの時のために態勢を整えようと立ち上がろうとして、言葉を止めた。男がグイッとその逞《たくま》しい腕で、リーブの腕を掴み助け起こしたからだ。啞然《あぜん》とした顔のまま、リーブはじっと男を見上げた。見上げるほどの大男だった。リーブより頭ひとつ以上大きいと思う。

リーブも決して小さいわけではなかった。とりあえずニーヴェリシアの一般成年男子の標準はあるはずだ。いや、標準よりはちょっと高めだと自負している。

『デ……デカイ……』

これは力技では敵わないなと、リーブは心の中で呟いてゴクリと唾を飲み込んだ。その男がとても大きく見えるのは、背の高さのせいだけではなかった。服を着ていても、その体が鍛え上げられた頑強な体格であるのが分かるほど、肩幅も広く胸板も厚みがあった。リーブを摑むその逞しい腕も、このまま片手でヒョイとリーブを持ち上げてしまいそうだった。

どこの種族だろうか？

黒髪に黒い瞳、褐色の肌、その顔立ちは彫りが深く、端正な男らしいものだった。歳はまだ若いようで、リーブと同じか少し上くらいだろうか？　緊迫した状況にありながら、リーブは冷静にそんなことを確認していた。

「お前は……」

リーブの顔を見て、その男はそう一言言ったまま、驚きの表情でジッと見つめていた。

『言葉は分かるぞ……ちょっと南部訛《なま》りがあるけど……』

とりあえず意志の疎通はできそうなので、リーブは少し安心した。とんでもない異世界に来てしまったというわけでもないようだ。

「お前……白き宝珠だな」

「え？」

リーブは、きょとんとした。言葉は通じているはずだが、男の言葉が理解できない。

『白き宝珠って？』

頭の中で、疑問符がグルグルと回る。何かこの地方の言いまわしなのか？　それとも誰かと人違いをしているのか？　そんな風に考えていると、ふいに男がギュッとリーブを抱きしめた。

「やった!!　本当だったんだ!!　オレは宝珠を手に入れたぞ!!」

「わ……わ……わ……」

リーブは突然のことに混乱した。

「く……苦しい……」

男の強い力で抱きしめられて、息ができないほどだ。ジタバタとリーブがもがくので、ようやく男はその腕の力を緩めてくれた。

「ふう……」

リーブは、やれやれと息をついた。体の骨が折れてしまうかと思った。リーブは少しムッとした様子で、男の顔を睨《にら》み返してやった。だが男は嬉《うれ》しそうな顔でリーブを見つめている。

「宝珠」

「え？」

もしかしてそれは私のこと？　という顔で、首を傾げながら男の顔を見た。男はずいっと顔を近づけて、その涼やかでいてどこか鋭さのある黒い瞳で、リーブの緑の瞳を見据えた。

「オレは、お前が現れるのを待っていた。宝珠、今日からお前はオレのものだ」


広い部屋の真ん中で、椅子に大人しく座るリーブの姿がある。持っていた剣と荷物は取り上げられてしまった。

部屋の出入口には、武装した男が見張りとして立っていて、自由は利きそうにもない。仕方がないので、窓の外の景色をぼんやりと眺めていた。

先程の男はリーブを部屋に残し、見張りを立ててどこかへ行ってしまった。リーブは、自分が置かれている状況は分からないが、とりあえず「大切」にはされそうな雰囲気だと察して、今は大人しくしている。

待っている間色々と眺めながら、この場所について考えを巡らせていた。部屋の内装様式や、調度品を見ると、華美ではなく、どこか実用的な感じが南の遊牧民族のものに類似していた。窓の外は緑に囲まれているようで、手入れされた庭園というわけでもなく、うっそうとした茂みというでもなく、鑑賞用ではないらしい背の低い木々が、整然と屋敷の周りに植えられているようだ。

食用の実の生る樹《なき》かもしれない。非常時に備えて、食用の樹を家の周囲に植える習慣のある国もあ

る。明るい緑の葉が、目に眩《まぶ》しい。こういう風景もどこか南の景色を思わせた。

「ん〜……南方か〜……エルドとか、リマとか……そのあたりの国かな？　南方はまだ行ったことがなかったけど……」

小さく独り言を呟いた。それにしても「宝珠」ってなんだろう？　あの男……。「オレのものだ」なんて、なんと強引な男なのだろう。察するに、この国の預言者か何かが、「ある日この国に『宝珠』が現れ、それを手にした者が権力を手に入れる」みたいな予言を言ったのだろう。『割とありがちな話だな』とリーブは思った。

その手の話は、旅をしているとよく耳にする。呼び名もそのまま「宝珠」って、宝のことじゃないか……。

「宝ね〜……私が？」

リーブは、呟いて思わずプッと吹き出した。ジロリと、見張りの男が見たので、慌てて口を押さえる。楽天的な生来の性格で、どんな窮地でも『なんとかなるでしょう』と思ってしまうリーブは、よく剣術の師匠から「緊張感がない」と注意されていた。

リーブの想像通りだとしたら、「宝珠」はどんな扱いを受けるというのだろう？　どこかに飾られたりするのかな？　などと、安穏と考えていた。

『神への生贄《いけにえ》にされる』とか『殺されて何かに封印される』などという最悪の事態は、まったく考えてもいない。

しばらくして、勢いよくドアが開いて、先程の男が戻ってきた。後ろに白髪の老人を二人従えている。

「ほら、見ろ！　予言の通り『白き宝珠』が、突然オレの前に現れたのだ。証拠はキリクだ。あいつもその時、この部屋にオレと一緒にいた。天から部屋の中に降ってきたんだ」

男の話を聞きながら、老人達はリーブの近くまで歩み寄り、マジマジと上から下まで眺めた。

「確かに……お綺麗な方ですな……分かりました。認めましょう。もしも『宝珠』ではない場合は、儀式の時に分かることですからな」

そう老人達が、目をショボショボさせながら言ったので、男は大喜びで高らかに笑った。

『う〜ん……やっぱり、私の想像通りのような展開だな〜』

リーブは、少し困ったなという顔をしながら、その光景を黙って眺めていた。

「あの……」

恐る恐るリーブは口を開いた。

「さあ、爺《じい》達は早く良い日取りを調べてくれ、それから色々と準備の方も任せたぞ」

リーブの声は、男の声に掻き消された。老人達は、一礼をして部屋を出ていった。

「ん？　キリク、お前も出ていけ！　気が利かんな」

「すみません」

見張りをしていた男は、慌てて部屋を出ていった。部屋には、リーブと男の二人だけになった。男は満足げに笑みを浮かべながら、リーブをじっくりと眺め始めた。

「あ……あの……」

「なんだ？」

「ここは……どこですか？」

リーブの初めての質問に、男はニッコリと微笑んだ。

「シーク王国だ。我等気高きナーガ族の治める国だ」

「シーク！」

リーブはそれを聞いて目を丸くした。それはまた随分遠くまで来たものだ。リーブの国・ニーヴェリシアから陸を馬で半月、更に船でひと月以上は旅をしなければならない南海の果ての島にある国だ。セリウス紀以前は、海賊だったという海の荒くれ者を祖先に持つ部族であるという話は聞いたことがある。

「知っているのか？　我々のことを」

男は意外そうな顔をしつつも、更に嬉しそうに笑みを浮かべた。

「ええ……話には……屈強な戦士の部族だと……今は、他国の妖獣征伐に力を貸す傭兵のような仕事も、国交の一部として行っていると聞いていますが……」

「ああ、もう昔と違って戦争もないからな……元は海賊や、放浪の遊牧民のような暮らしをしていたが、千年前にこの土地に根付いた。ここは豊かな土地だから、作物もたくさん取れる。しかし我が部族の戦士達は、それだけの平和な暮らしでは満足しないので、妖獣征伐に力を貸したりしているのだ」

　リーブは説明を聞いて、へえ～と感心していた。

「私は……アスコット。あなたは？　名前を教えてください」

「オレの名は、バード……バード・アグラ」

「バード」

「そう、バードだ、お前の夫となる」

「え？」

「宝珠、お前はもうすぐオレの妻となるのだ」

「ちょ……ちょっと待って！」

　安穏としていたリーブも、この言葉にはさすがに仰天した。

「今、なんて言いました？　妻？　夫？　あの……それって……私達が夫婦になるということですか？」

「そうだ」

リーブはあまりのことに、目を丸くしたまま言葉をつまらせてしまった。混乱する頭の中を、一生懸命整理した。

「あ〜〜、私は男なので、残念ながら花嫁にはなれないのですが……」

リーブはバードを怒らせないように、懸命に言葉を選びながら言った。

「お前、男なのか？」

バードが一瞬驚いた顔をして尋ねるので、リーブは少しムッとした。

「女に見えますか？」

リーブの問いに、バードは躊躇《ちゅうちょ》なく頷いた。その反応に腹が立ってしまった。

『そりゃ、屈強な肉体の彼らからすれば、私のようなヒョロリとしたのは、女にしか見えないかもしれませんけどね！』と心の中で叫んでみたが、あえて口には出さなかった。

「ま、そんなことは大した問題ではない、気にするな」

「ええ!!」

この言葉には、更に驚かされた。

『大した問題じゃないだって!!　一番大事な問題だろう!!』

リーブは叫びたい言葉は飲み込んで、冷静を装いながら更に尋ねた。

「ナ……ナーガ族は、男同士でも結婚する習慣があるのですか？」

「いや、習慣はない。前例も……いや、長い歴史の中にはないとも言えないかもしれない。まあ一般的には女と結婚するな」

バードは、特に気にする様子もなく、あっさりとそう答えた。

「じゃあ！」

「しかし、お前はオレの伴侶になると決まっているのだ」

「そ、それは、先程からあなたが言っている『白き宝珠』と関係があるんですか？　宝珠と結婚すれば権力でも手に入ると予言でもあったんですか？」

リーブのその言葉に、バードはフフンと鼻で笑った。

「オレは、ナーガ族の長《おさ》だ。この国の国王だ。今更権力などいらぬ。必要なのは石の定めたオレの花嫁だけだ」

「だから！　私は花嫁にはなれないって！　きっと人違いですよ」

「いや、オレには分かる。お前は『白き宝珠』だ。定められた相手だから、オレには一目で分かった」

「私の意志はないんですか？」

「ない！」

あまりにもキッパリと断言されたので、リーブは口をあんぐりと開けたまま絶句してしまった。

「お前がオレの求婚を断るわけがないだろう」

バードは、自信満々の顔でそう断言した。この男は、なんと強引で、なんと自信過剰なのだろう。人の話も聞く気がなさそうだ。リーブは大きく深呼吸をして、気持ちを落ち着けた。

いや、いくらなんでも冷静に話し合えば、分かってもらえるはずである。最悪の場合は、力ずくで逃げるしかないだろう。

剣は取られたが、リーブには魔法がある。ただし問題は、周りを海に囲まれたナーガ族しかいないこの島から、どうやって逃げ延びて脱出するかだ。それを考えると、できるだけ穏便に話し合いだけで事を納めたい。

いくら「ルー」の称号を持つ大魔導師でも、屈強なナーガ族の戦士全員と闘うわけにはいかない。それもこんな訳の分からない理由でなんて……。

「バード……なぜ私が宝珠なんです？　いや、それよりもなぜ私との結婚をどうしてもと望むのですか？　私は男だし、本来なら結婚するのはおかしいはず……それに、あなたは族長なのでしょう？国王なのでしょう？　私と結婚しては子孫が残せませんよ？　まあ……多妻制なら別ですが……族長のあなたの後継ぎがいなくては困るでしょう？」

リーブはまるで、子供を諭すように穏やかに話した。しかしバードの態度は変わらなかった。眉ひとつ動かさず、腕組みをして不遜な態度で聞いている。

「我々ナーガ族を統べる者は、生まれた時から星詠みの予言にて決められる。そしてこの国を繁栄させるために、最も優れた伴侶も星詠みによって予言される。これはずっと昔から続けられてきた習わしだ。我々一族は、そのおかげでセリウス紀元前より長きに亘る繁栄を続け滅びずに済んでいる。星詠みの言葉は絶対であり、今までそれが外れたことはない。予言される伴侶は、今まで『何年の何月に生まれる誰々の娘』という風に、具体的に出ていたのだが、オレの時は『白き宝珠が、来《きた》るべき時に現れる』というだけで、どこの誰かも、今日のこの時まで分からなかった。予言された伴侶と結ばれないことは、長としての資格を失うばかりでなく、ナーガ族の男としての誇りも失うのだ。伴侶に巡り会えなければ、一生の恥だ。オレは、実のところずっと不安だった。こんな予言は初めてだと、星詠み達も言うし……オレに長としての資格がないのかと思っていた。だからお前をどれほど、オレが待ちわびていたか……」

熱い眼差《まなざ》しで、愛《いと》しげにリーブを見つめて語るバードの言葉に、一瞬気持ちが揺らぎそうになった。

リーブはハッとして、慌てて首を振った。

「そんなこと言われても……私が『白き宝珠』であるという確証はないし……何より私が困ります。私はニーヴェリシアの人間だし……この国に一生を捧げるつもりはないし……第一、貴方《あなた》と結婚などしたくない」

最後の言葉に、バードが反応して顔色を変えたので、リーブは怒らせてはまずいと思って、慌てて言い繕った。

「あ、その、実を言うと、先程名乗ったアスコットというのは、偽名で……訳あって普段はその名を使っているのですが……私の本当の名は、リーブ・ヴァーリィといって、ニーヴェリシアの聖職者なのです。だから貴方とだけというわけではなく、一生誰とも結婚はしないのです」

リーブは、バードの顔色を窺《うかが》いながら説明をした。バードは訝《いぶか》しげな表情で、リーブを上から下まで見つめている。

「とても聖職者には見えないな……だが気にするな、別にオレと結婚したからといって、宗教を変えろとは言わない。ナーガ族は寛大だ。それにこの国の者になれば、聖職者など関係なくなる。何しろ長の妻になるのだからな」

バードの一方的な言い分に、リーブは呆然とした。もしかしたらこの男との話し合いは、一生かかっても無理かもしれない。第一聞いているようで、全然人の話を聞いていないではないか。このままでは、なんだかうやむやのまま、事が運んでしまいそうだ。

「子供、産めませんよ！」

「かまわん、さっきも言ったように、長は予言で決められる。別に長の子が必要なわけではない。我が一族は、強い者が長となるのだ。血筋にこだわらないことが、これまで繁栄が続いた理由でもある」

バードは自慢そうにそう言った。

『ダメだ……どうしよう……』

本当にリーブは、途方に暮れてしまった。ここで切り札となるはずの『男』という理由を、あっさりと承諾されてしまっては、もうどうやって説得すればよいのか分からない。

『精霊の回廊なんて通らなければよかった』

これまでの人生で、色々と無茶なことをたくさんして、様々な危機に遭遇したが、『後悔』なんて一度もしたことのなかったリーブが、今回ばかりは悔やんでいた。できれば平和的解決をしたいのだが、話し合いが決裂してしまったら、強硬手段に出るしかない。

これまでの話を聞く限り、ここで長であるバードを人質にして、逃げようとしても無理そうだと思った。きっと誇り高き彼らには『人質』なんて通用しないだろう。リーブが本気で魔術を使って対抗すれば、バードは一族の枷《かせ》となるのを避けるために、自ら命を絶ってしまうかもしれない。

仮にも聖職者であるリーブは、人を傷つけてまで、逃げることはできない。

だからといって捕らわれの今の状況では、ニーヴェリシアに助けを求めることもできそうにない。

リーブの人生最大の危機だった。

リーブが、精霊の回廊を通って、シークの国に来てから三日が経った。

白い麻生地のシークの民族衣装を着たリーブは、窓辺に立ってぼんやりと外を眺めていた。

あれから三日。説得は失敗に終わり、逃げ出す算段もつかずに、ただ日々が過ぎるのみだった。

リーブはとても大切に扱われていた。世話係の侍女が二人も付けられ、部屋も与えられた。ただドアの外と、バルコニーの外に、常に見張りが四～五人立っていて、部屋から自由に外に出ることはできなかった。

侍女をなんとか懐柔しようとしたが、さすがはナーガ族、心も体も強いのは男性ばかりではないようだ。

「顔には自信があったのに……」

自分の容姿が、女性受けするのは自覚していた。しかしそれも通用しないらしい。リーブに残された手段は、魔術のみとなった。自分が術を使えることを、今は悟られないようにしている。隙《すき》があれば、なんとかならないだろうか？　と、この三日ずっと考えていたが、まったく良い考えが浮かばなかった。この三日、目にした人達を見る限り、黒髪・黒い瞳・褐色の肌は、ナーガ族の特徴のようだ。

彼らからすれば、リーブの透けるような白い肌と、その輝く金の髪を見て「白き宝珠」という言い方をしてしまうのも、仕方がないかもしれない。こんな容姿では、隠れたくても目立ってしまうだろう。

乱暴なことをしなくても、魔術で眠らせはできる。見張りを全員眠らせて、この屋敷を抜け出したとして、会う人全員を眠らせ（それはかなり厳しいかもしれない）まあ、なんとか運良く海まで逃げて……船を奪うか？　いや、それはかなり難しいだろう。大きな船など操舵《そうだ》できないし、第一帆船を一人で動かすのは無理だ。魔術で……いや、そんな強力な魔術を継続して使い続けるなんてできない。だからといって、小船でニーヴェリシアまでの航海は無謀だ。

「あ～～～……」

リーブは、頭を抱え込んだ。どう考えても、強行脱出は無理だ。なんだか着々と挙式の準備がされているような気配だし、このままでは本当にまずいことになる。

「後で、なかったことにとかできないかな……」

とりあえずこの場は、仕方がないので結婚して、後で自由になったら逃げられないだろうかと考えたりもした。

「オレだ。入るぞ」

バードの声がした。バードは長として忙しくしているようだが、暇を見つけては足繁《あししげ》くリーブの部屋へと通ってきていた。来て何をするというわけでもなく、リーブを嬉しそうに眺めるのだ。強引で、粗暴な男だが、そういう様子を見ると、悪い人ではないらしいと思う。

何度か話をして説得を試みたが、いつも空回りして振り出しに戻されるので、彼との交渉は絶望的といっていいかもしれない。力だけの男ではなく頭が良いと感じる。リーブの話を、きちんと聞いているようで、まったく無視して話を進めているのも、彼の戦略で、外交などで話術の駆け引きに慣れているからだと思う。

指導者としては、かなり優秀なのかもしれない。

「退屈そうだな」

バードは、ニヤリと笑った。

「ええ……外を散歩したいのですが……」

「ダメだ……お前は、案外隙がないからな……逃げ出す算段を練っているだろう……結婚した暁には、自由にしてやるぞ」

『結婚したら自由にしてくれるのか……』

リーブは、ふと考え込んだ。何かが引っかかる。式を挙げた後も、逃げ出すとは思わないのだろうか？　それとも何か『式』に秘密があるのか？

「何を考えている？」

バードが、リーブの髪に触れた。

「え……いえ……あの……ひとつ質問してもいいですか？」

「なんだ？」

「ナーガ族は……離婚ってするのですか？」

その言葉に、バードはフンと鼻で笑った。

「離婚はしない。夫婦が別れる時は、どちらかが死ぬ時だけだ」

「ええ！　でも仲の悪い夫婦もいるでしょう？」

「いない」

バードはキッパリと言った。そんなことってあるのだろうか？　それとも、一族の古いしきたりなのか？

「浮気とかされても……我慢するってこと？」

「浮気などしない。一生相手を愛し、添い遂げるのが我々一族だ」

それって……と、リーブは少し信じられなかった。そんなに情の深い民なのか？

「なんだ？　離婚して逃げるつもりなのか？」

バードが不敵な笑みを浮かべてそう尋ねたので、リーブは図星を指されて顔を強張《こわば》らせた。

「いえ……ただ……私達の場合は、恋愛結婚ではないし……性格の不一致とかあるかもな……なんて……」

「大丈夫だ、オレはお前を愛しているし、お前もすぐにオレを愛するようになるだろう……何も心配はない」

『この自信……何を根拠にしているというのだろう。いや、それより私を愛しているだって？』

リーブは、もう驚き疲れるほど、毎日驚かされるばかりだった。これはこれで彼の人生において、良い経験かもしれなかったが、最悪の経験でもある。その上もっと最悪なことに、時間が経ち脱出が絶望的だと確信するにつれ、彼の生来の楽天的思考から『もう面倒だから結婚しちゃってもいいかも』なんて、思い始めたりしていたのだ。

『大切にしてもらえるみたいだし、条件次第では、別に伴侶になるくらいならいいかも……』などと考えたりしている。

「バード……私が、ど〜しても、結婚したくないと言ったらどうしますか？」

リーブの髪を撫《な》でるバードの手を、特に払うでもなくリーブが尋ねた。男に触られたりすることに、まったく無頓着なリーブは、バードが髪を撫でようが、手を握ろうが、特に気にしていなかった。

同性愛の存在を知らないわけではない。だが自分が置かれている状況や、バードが自分に向ける行為を、そういう性的なものとは、まったく考えていないのだ。

「そんなことは絶対にありえない話だから、答えようがないな」

バードの返事が、あまりにも予想通りだったので、諦めたように小さく溜息を吐いた。

「分かりました……あなたの良きパートナーとなれるように、努力はしましょう……どうせ『妻』にはなれないのですからね」

「妻になればいいではないか」

「だって、私は男だからそれは無理ですよ」

「精神的な問題を言っているのだ。お前がオレを愛し、オレ達が本当に夫婦になれれば、男も女も関係ないだろう」

『愛して……簡単に言ってくれる』とリーブは思った。

この男を愛せと？　……なんて難しいのだろう。

「条件があります」

リーブは、もう半ばやけくそだった。

「なんだ？」

「私を大切にしてください。何があっても私の味方になってください。すべてから私を守ると誓ってください。私をパートナーと思い、女に求めるようなことは望まないでください。女の代わりはできません」

リーブが、昨夜一生懸命考えた条件だった。もしもどうしても結婚しなければいけないのだとしたら、せめてこの男を自分の味方にするしかない。

知らないこの国で、異国の人間が生きていくのは、たとえ長の伴侶であろうとも、困難なのは想像がつく。未来がどうなるかは分からないが、まだ脱出を諦められないうちは、自分の身柄の安全と自由を得るために、長であり、自分の夫となるこの男に、条件をのませるしかなかった。

「分かった、ナーガの誇りにかけて誓おう。オレが何者からもお前を守る」

「一族からも？」

「なぜ一族が？　誰もお前には危害は加えない」

「もしも……もしもですよ」

「分かった……一族からも守ろう……もしも……誓いが破られることがあれば、どんな理由があろうとも、オレが自らの命を絶とう」

バードは、とても真摯《しんし》な眼差しで誓いを立てた。それはリーブも思わず頬を染めてしまうほどの熱烈な愛の告白のようだった。

『う～ん……もしかして、冗談じゃなくこの人は本当に私を愛してるんだろうか……』

暴君のようで、なんと純粋な男なのだろうと、少しだけ感心した。情に流されるわけにはいかないが、とりあえず今は、これが最良なのだろうと思う。もう起こってしまったことを、後悔しても仕方がない。いつまでもくよくよしないのが、リーブの長所であり短所でもある。

『とりあえず気持ちの悪いおっさんじゃないし』などとも考えたりしていた。

この国の美的感覚が、自分達と同じであれば、バードはかなりのハンサムだと思う。

『いや、恋愛関係になるわけじゃないから、美醜は関係ないんだけど……』

なんて自分の考えに突っ込みを入れる。どうやらまた安穏なリーブに戻ったようだ。

「明日になれば、我々は夫婦だ……あと少しの辛抱だ」

「あ……明日!?」

「そう……待たせたな」

『待ってなんかないよ!!』と、心の中で叫んだ。結婚するのは、もう観念したが、心の準備ってものがある。今、諦めたばかりなのに、明日が挙式だって？　と、途方に暮れるばかりだ。


翌日、いつもより早く侍女が起こしにきた。リーブはというとほとんど眠ることができなかった。

「禊《みそぎ》を行いますのでこちらへ」

侍女達と兵士二人に連れられて部屋を出た。長く続く石造りの廊下を通り、少し階段を下った先に広い部屋があった。真ん中に大きな石造りの水槽があり、地下から湧き出ているのか絶え間なく水が溢《あふ》れ出ている。侍女達が、リーブの服を脱がそうとしたので慌てて抵抗した。

「あ……あの、自分でしますから……体を清めればいいんでしょう？」

「いいえ、私達がお手伝いいたします」

「で……でも、私は男ですよ？」

「はい、存じております」

その言葉に、リーブは更にギョッとした。当然といえば当然なのかもしれないが、やはり国民全員がリーブを男と知った上で、長の妻に迎えようとしているのだ。目眩《めまい》がした。

羞恥心で穴にでも入りたいと思いながら、侍女達に全裸にされ水で体を清められた。推定年齢二十七歳のリーブは（孤児なので、正確な生年月日が不明）聖職者として育ったので、当然ながら性的関係を持ったことが一度もない。二十七年生きてきて、若い女性の前で全裸になるなど初めてのことだ。

常に『神経が通っていないのでは？』と疑われるくらいマイペースで、厚顔ともいえるリーブが、こんなに死にそうなくらいに恥ずかしいと思ったのは初めてだ。

女性の前で全裸になるという行為も恥ずかしいが、逞しい体格のナーガ族の男に比べたら、色白で華奢《きゃしゃ》な体の自分は、彼女達の目にどう映るのだろうと思うと、決して肉体に自信のないリーブは、男としての尊厳までも壊されてしまいそうで情けなく思えた。

リーブにとっては地獄のような禊を終え、絹の着物を着せられた。複雑な金糸の刺繍《ししゅう》を施された純白の民族衣装は、恐らく花嫁の婚礼衣装に該当するのだろう。中にズボンを穿《は》いているが、着物はゆったりとして裾の長い腰のくびれもない衣だった。スカートというわけではないので、一応男性用に作られたのだろうか？　金のサークレットを頭にはめられた。

美しい長い金髪は、丁寧にブラシで梳《す》かれて、金色の組紐でゆったりと結わかれた。

『ああ……なんか本当に花嫁にされるみたいだ……イリアス神、貴方は私がこんな風になると予想していましたか？　……こんなことなら素直に大聖官になればよかった……』

再び少しだけ後悔した。


長い廊下を連れられて、初めて屋敷の玄関までやってきた。たくさんの兵士達が、整然と並んで出迎えている。少し気圧《けお》されたが覚悟を決めて外へと歩み出る。久しぶりの外気を大きく吸い込んだ。

ふと見ると正面に、馬に乗ったバードがいる。バードもまたリーブと似たような衣装を着ていた。唯一違うのは、深い緑色の帯状の布を肩にかけているところだ。長の印か何かだろう。ともかくこの衣装が、ナーガ族の正装のようだ。

リーブがバードの側まで連れていかれると、バードが馬上から手を差し出した。「乗れ」ということだ。

仕方なくリーブがその手を取ると、グイッと引っ張り上げられ、軽々と馬上へ乗せられた。バードの前に横座りで乗るような形になる。

『ああ……本当に花嫁みたい……』

リーブは深い溜息を吐いた。

ぞろぞろと兵士を従えた行列は、屋敷のすぐ側にある石造りの小さな建物まで続いた。たったこれだけの距離なのに、なんて大げさなのだろうと内心思いながらも、初めて見る屋敷の外の風景に、リーブは興味深くあたりを眺めた。

バードの屋敷は、国（島）の一番高台にあるようで、なだらかな丘を下った先に、たくさんの家々の屋根が見えた。ここから見える範囲は限られているが、随分繁栄している大きな町並みだと思う。

緑も豊かだし、気候も良さそうだ。

『自由になったら色々と見て回りたいな、シークといえば民族の歴史も長いし、興味深い資料とか、習慣とか、この土地の動植物とか、面白そうなものがたくさんありそうだ』

リーブは、これから行われる『結婚』というとんでもない現実をすっかり忘れて、そんなことを考えながらワクワクとしていた。

やがて目的地に到着するとリーブは馬から下ろされて、石造りの小さな建物の前に案内された。周りを兵士が囲み警護する。建物の中から、とても強力な聖なる波動を感じた。教会というわけでもなさそうだし、ナーガ族のご神体でも祭られているのだろうか？

好奇心をそそられて、早く中へ入ってみたくなる。

以前対面した二人の老人が先に進み出て、強固にかけられたいくつもの鍵を開けると、頑丈そうな金属製の扉を大きく開いた。

バードに促されて、リーブは中へと入っていく。二人の老人と、三人の位の高そうな男性と、リーブとバードの七人だけが中へ入り、再び後方で扉が固く閉ざされた。

室内は窓がなく真っ暗で、空気が少しひんやりとしていた。男の一人が手にしていたランプから、燭台《しょくだい》へと火が移されて、室内の全貌がようやく分かってきた。

そこは七人の男が入ると、それだけでもう定員というくらいに狭かった。壁に数カ所燭台がある以外、まったく何も置かれていない。

石壁には彫刻が施され、随分古い様式の古代文字で、何か文章のようなものが刻まれていた。

正面に古い金属製の重そうな扉がひとつある。外観からは分からなかったが、更にこの奥に何かあるのだろうか？　老人達は、再び厳重なその扉の鍵を開くと、先に中へと入っていった。バードとリーブも後に続く。

扉の奥には、下へと下りる階段があった。一人通るのがようやくという狭い階段で、螺旋《らせん》状に湾曲している。二階層くらい下ったところで、階段は終わっていた。行き着いた先は、意外と広い部屋だった。先に行った老人が、燭台に灯《あかり》を灯している。

部屋の正面には、立派な祭壇が備え付けられている。その他には、いくつかのテーブルと椅子が、整然と並んでいた。リーブは中央の広い通路を通って、祭壇の前へと案内された。

祭壇の真ん中には、大きな石が置いてある。白みがかった半透明のその石は、水晶か何かの原石にも似ていて、研磨されていないそのままの形のようだった。

『これがご神体かな？』

その石からはとても強い力を感じた。

二人の老人が何かの儀式のように、呪文を唱えながら石に祈りを捧げる。長い祈りがようやく終わると、老人達はバード達に向き直り、石の側に進み出るように促した。

バードはリーブの手を取ると、リーブの顔を見た。

「この者を我が生涯の伴侶とし、共にナーガを守り、永遠の愛を誓う……神よ我等が思いを試されよ」

そう言ってリーブの手を握ったまま、石の上に添えた。

その瞬間石が凄《すさ》まじい光を発し、その場にいた人々は目がくらみそうになった。

「うっ……」

リーブは顔を歪めて目を閉じた。

しかし光はすぐに消え去り、室内には再び静寂が訪れた。その場にいた者達は皆驚きうろたえている。

バードはリーブの手を強く握ったまま、微動だにせず立ち尽くしている。リーブはくらくらと目眩を起こしながらも、ようやく視界が戻ったのであたりを見まわした。

「今のは……一体……」

「爺……今のは、今の結果はどういうことなのだ？　我等の婚姻は認められたと思ってもよいのか？」

バードが二人の老人に尋ねた。老人達は、顔を見合わせて、当惑した様子でいる。

「こんな事態は初めてですが……とりあえず婚姻は認められたのだと思います……」

「あの……どういうことですか？」

リーブは、恐る恐るバードの顔を覗《のぞ》き込んで尋ねた。

「この石は……我がナーガ一族の護り石なのだ。遥か昔、天から我が一族の下に落ちてきてから、ずっと一族と共にあるという。我等に宗教はないが、この石は守護石として、大事にしてきた。星詠みは常にこの石から力を貰い、一族の予言をし、長を決め、繁栄のために力を貸してくれた。長の伴侶もこの石が決める。石に認められない二人が、石に手をかざしても何も反応しない。石に認められた二人であれば、石は淡く青い光を放つ……と、聞かされていたのだが……こんなに激しく光るものなのか？　オレは一瞬、爆発したのかと思ったぞ」

その言葉に老人達は再び顔を見合わせた。

「長よ……我々もこの目で見たのは、先々代と先代の婚姻の儀式以来なので、まだ過去二度しかありませんが、どちらもほんのりと淡い光を放っただけです……このようなことは初めてで……確かに風が吹いたように、皆の衣がなびいたので、何らかの衝撃を受けたと思いますが……」

「この儀式は、妻となる方と石との絆《きずな》を結ぶものですから……もしかしたら……この方の魂の力がそれだけ強いのかもしれませんね」

『妻となる方と石との絆を結ぶ？』

リーブはその言葉が少し気にかかった。

「石も認めたらしいし、このような反応するということは、『白き宝珠』は我々一族にとって、素晴らしき宝となるということだな」

バードはそう言って、嬉しそうに笑った。リーブはとても複雑な心境だったが、とりあえず儀式というのも、そんなにものすごいことをされるわけではなかったし、これで自由になれるというのなら、様子を見て外出させてもらえそうだと思った。

旅のついでの貴重な体験として、しばらくこの立場を満喫して、ナーガ族について学ぶのもいいし、この島を色々調べるのもいいと思った。

リーブを「真剣に愛している」というバードも、強引で身勝手ではあるが、根は良い人のようだし、気が合いそうなら友人にはなれるだろう。そうすれば国に帰してくれるくらいに、信頼されるかもしれない。

居心地が良さそうなら一年くらいは住んでもいいな……なんて暢気《のんき》に考えている。まさかこの儀式の意味が、とんでもないことだとは露ほども思ってもいなかった。

ただリーブは先程から、気になることがあった。守護石から、幾筋もの光の糸のようなものが、リーブに向かって伸びてきているのだ。まるでリーブの体に巻き付いているようだが、それはどうやらリーブにしか見えていないらしい。

体に異変は感じられないので、それが何なのかは、後で調べようと思った。


儀式の後リーブは再びバードと共に馬に乗せられると、今度は町中を回って国民にお披露目《ひろめ》される羽目になった。

『これじゃあ、町内ひき回しだな……』

リーブは内心苦笑しながら、とりあえず人々に微笑みを浮かべて祝福に応えた。

『この場合、おめでとうという祝福に素直に応えてもよいものだろうか……』

リーブはほとんど強引に行われた無理強い婚姻に対して、未だに納得がいっていなかったし、こんなに国民が喜び祝福することに、疑問も感じてしまっていて自分がそれにどう応えればよいのか、とても複雑な心境だった。

だがよくよく考えると、このお披露目ですっかりリーブの顔や姿が国民に知られてしまったわけで、もうこっそりと逃げ出そうなんてことは確実に無理そうだと思った。

『まあ、自由の身になるんだったら、別にいいか……』

町の様子を眺めていると、本当に豊かで活気があるのが分かる。国民も特に貧富の差は見られず、長をとても慕っているようだ。

『良い国なんだな』

リーブはつくづくそう思い感心した。リーブが、目にする物を珍しそうにあれこれと尋ねるので、バードは満足そうでご機嫌だった。

「お前には、公務や儀式について覚えてもらわなければいけないことがたくさんあるが、暇な時間ができれば、国中を見て回るといいだろう」

「いいのですか？」

「ああ……お前の国になるのだ。お前の好きにするといい」

その言葉にリーブは素直に喜んだが、『お前の国』という言い方には、どうしても引っかかってしまうのは仕方ない。

王妃だと言われても、リーブ自身にはその自覚も覚悟もないので、どちらかというと王の良い相談役のような立場になれればいいと思っていた。

あくまでも『仲間』や『家臣』という部類での認識しかなかった。だからこそ、こんなに暢気に構えていられるのかもしれないのだが……。

屋敷に戻り、王の家臣達と挨拶を交わし、盛大な宴《うたげ》も行われた。リーブは、とても素直に宴を楽しんだ。家臣達のリーブに対する評判も上々のようだ。

夜も更けた頃、バードの一言で宴もお開きとなり、リーブはバードに連れられて部屋へと戻った。

「ここが今日から我々夫婦の部屋だ」

「夫婦……」

その言い方に少し眉をひそめたが、新しく案内された部屋を、興味深げにキョロキョロと眺めた。

くつろぎの空間のような『居間』の役割をする広い部屋には、長椅子とテーブルがある以外に、大きな窓辺には、丸い絨毯《じゅうたん》が三枚重ねて敷かれており、そこに枕のようなものが、いくつも置いてあった。

この民族の習慣としては、椅子とテーブルというよりは、どちらかというと、地面に近い所に『くつろぎ』の空間があるのだろう。部屋の左右に扉があり、右奥の扉を開くと壁一面に書棚のある小部屋があった。

「そこはオレの仕事部屋だ」

「ああ……そうでしたか……色々な本があるのですね……私も見ていいですか？」

「ああ、かまわない」

快諾されて、リーブは嬉しそうに笑った。その笑顔を見て、バードも満足げに笑みを浮かべる。

左奥の扉を開くと、そこは大きな天蓋付きのベッドが中央にドンと置かれた寝室だった。

「わ……」

リーブは思わずその場に立ちすくんでしまった。そのベッドの大きさにも圧倒されるが、リーブとてそこまで能天気ではない。このベッドの大きさと、この部屋の意味はすでに理解していた。しかしとりあえず無意味を承知で尋ねてみることにした。

「長……この部屋には、寝室はここだけしかないのですか？」

「当たり前だろう」

「……私はどこで寝たらいいのですか？」

「もちろんここに決まっているだろう」

「……長はどこで寝るのですか？」

「もちろんここに決まっているだろう」

リーブは、恐る恐る振り返って、すぐ後ろに立つバードの顔を見上げた。バードは、不敵な笑みを浮かべている。リーブは身の危険を感じて、鳥肌が立った。

まさか……とリーブは思った。バードは男色家ではなさそうだし、元々は女性の花嫁を予定していたはずだから、男と結婚なんてどうなんだろうと思っていたのだが、結婚の儀式自体はあっさりしたもので、確かに儀式自体には男女は関係ないのだなと、なんだか気が抜けてしまっていた。

だからその先のことなどまったく考えていなかったのだ。儀式の後、『夫婦』となったバードとリーブが、どういう関係になるのか……。気を抜いていた。だから「まさか」と思ったのだ。

安穏として気楽な性格のリーブでも、さすがに今、バードから感じる気配や雰囲気が、少し違うことくらい察することができる。

「さあ……もう寝よう」

バードはそう言って、ヒョイッとリーブを抱き上げると、軽々と抱えて部屋の中へと入っていった。

リーブは、唖然としたまま、特に抵抗するのも忘れて、されるがままになっている。

ベッドに降ろされて、バードの顔を見上げた。目が合って、バードが目を細めて笑う。

「この時をずっと待ち望んでいた……」

バードはそう呟いて、リーブに覆い被さるように体をかがめてきた。バードの両手が、リーブの体の両脇に置かれたので、身動きが取れなくなった。

偉大なる賢者と言われたリーブも、混乱して『まさか、まさか』と頭の中で繰り返すばかりで、何もできずにいた。

バードの顔がどんどん近づいてきて、鼻がぶつかる！　なんて思ったら、唇を吸われていた。軽く一度触れては離れ、二度目には強く唇が押し付けられた。バードの唇の熱さを感じて、ようやくリーブは、今何が起きているのかを把握した。

「んっ……」

リーブはなんとか顔を反らせて、口づけから逃れた。バードは顔を離して、リーブをじっと見つめる。リーブはひどく動揺していた。頰が熱い。見つめてくるバードの顔なんて、まともに見返すことができず、顔を反らしたまま口を開いた。

「あ……あの……あの……」

リーブはうまく言葉にできずに、目や口を開けたり閉じたりするだけだ。

「宝珠……愛している……やっと我がものになったな」

バードがそう言って、リーブの髪を優しく撫でたので、リーブはビクリと体を震わせて、思わずバードの顔を見た。

今までの人生で、こんな風に迫られたことなどない。確かに好意を寄せてくる相手は、女性だけでなく男性もいたことはある。だが皆は、リーブに強引に迫ってくることはなかった。

そんな相手ならば、リーブも慣れていたから、相手を怒らせずに、うまくかわす術《すべ》だって知っている。今まではそれで済んでいた。

こんな風に、有無を言わさず抱き上げて、ベッドに押し倒し、唇まで奪う相手などは初めてで、こんな風に愛を囁きながら髪を撫でられるなんて初めてで、もうどうすればいいのか分からなくなっていた。ただひたすらに混乱している。

そんなリーブの事情などおかまいなしに、バードはリーブの顎をそっと摑むと、再び唇を重ねてきた。今度は深い口づけだった。舌が差し入れられ、口内を愛撫《あいぶ》された。強く唇を吸われ、リーブは初めて経験するその激しい口づけに、息もできなくなり目眩を覚えた。

「ん……んん……」

リーブはその口づけから逃れようと身を捩《よじ》ったが、体を押さえ込まれてまったく抵抗できなかった。

「や……やめ……」

次の瞬間、バチッという音がしてバードの体が弾かれたように吹き飛ばされた。床に投げ出されたバードは、驚いた顔で尻餅をついたままリーブを見つめた。リーブは、大きく肩で息をつきながら、手で口を押さえて震えている。ひどく動揺していた。ゆっくりと上体を起こして、驚いた表情でこちらを見ているバードと目を合わせた。

「い……今、何をした」

バードが驚きの表情のままそう呟く。

「あ……すみません……つい……」

リーブは、恐怖のあまり無意識に術を使ってしまったのだ。謝りながらも、懸命に混乱する頭の中を整理しようとしていた。

「あの……け……怪我《けが》はないですか？」

リーブは冷静さを取り戻そうとしながら、恐る恐る尋ねた。バードは驚きとも怒りとも取れる複雑な面持ちで、ゆっくりと立ち上がった。

「お前……なぜオレを攻撃する」

「だ……だって……いきなりあんなこと……するから……」

リーブは、頬を上気させながら答えた。

「オレ達は夫婦になったのだから、当然のことだろう……なぜ拒む」

「……わ……私はそんなつもりは……あなたとそういう意味での関係になるつもりはありません……第一私は男なのですよ……こ……こんな……」

「愛し合う者同士なのだから、男も女も関係ない……オレはお前が欲しいのだ」

「私は物ではありません。それには私の意志も必要でしょう！　愛し合う者同士って、貴方はどうか分かりませんが、私は貴方を愛していません！　何もかも、貴方の思い通りになるなどと思わないでください！」

リーブにしては珍しく、語気を荒らげて言っていた。取り乱すなんてものではない。必死になって訴えた。一気に捲《まく》し立てた後、一呼吸つこうとして、ふとバードを見た。バードがひどく傷ついたような顔で、こちらを見つめているのに気がつき、言いすぎてしまったと思った。

「あ……あの、長、バード様……少しは私の気持ちを考えてください。貴方はずっと待ちわびていたのかもしれませんが、私は何も知らずにここに来てしまったのです。この国に来てまだ四日しか経っていません。それなのに突然貴方の花嫁になれと、半ば強引に結婚させられて、男なのに……花嫁にされて……それでいきなりこんなこと……動揺して、混乱して、取り乱しても仕方がないでしょう？」

リーブは説得を試みようとした。自分自身を落ち着ける目的もある。まずはとにかく、この場をなんとか乗り切らなければならない。そのためには、自分はもちろんだが、バードにも一旦冷静になってもらう必要があると思った。

「バード様、私は別に貴方が嫌いとかそういうわけではないのです。愛していないと言ったのは、そもそも私は貴方のことを何ひとつ知らないからです。まだ会って四日しか経っていないのです。私が知っているのは、貴方がこの国の王様で、ナーガ族の族長だということぐらいです。愛し合うというのは……相手を知ることではないのですか？　貴方は私を愛していると言うけれど、本当ですか？　愛しているつもりになっているだけでしょう？　私のことを何も知らないのに、会って四日の相手をなぜ愛しているなんて思えるのですか？」

リーブは、バードを怒らせまいと、顔色を窺いながら、極めて穏やかな口調で、切々と語った。バードは眉間を寄せて、憮然とした様子でリーブを見つめている。その表情は、怒っているというより、不愉快に感じているように見える。なぜリーブから説教されなければならないのだというぐらいに思っているのだろう。

でも怒鳴ったりせず、リーブの話を聞いてくれているので、意外と理性的な人物だとリーブは思った。

「確かにお前のことは知らない。だがオレは、白き宝珠については知っている。子供の頃からだ。お前が似ているから、知っているつもりになっていた」

「誰に……似ているのですか？」

リーブは不思議そうに首を傾げて尋ねた。

バードは、ハッとしたように顔色を変えると、バツが悪そうに顔を歪めた。恐らく今口にした言葉は、言うつもりがなかったのだろう。

リーブはそう思ったら、なんだか不愉快な気持ちになり、眉間にしわを寄せた。バードが何か隠し事をしていると思ったのだ。

今、確かに『白き宝珠については子供の頃から知っている』と言った。白き宝珠はリーブのことではなかったのか？　『お前のことは知らない』と言いながら『白き宝珠については子供の頃から知っている』と言うのもおかしな話だ。彼は一体誰の話をしているのだろう？

「貴方は、他に恋人がいるのですか？」

怪訝そうな顔でリーブがそう尋ねると、バードは驚いたように目を見開いた。

「何を言う！　オレが宝珠以外の者を愛するはずがないだろう！」

「じゃあ、今の言葉はどういう意味なのですか？　白き宝珠を子供の頃から知っているとか……私に似ているとか……一体誰の話をしているのですか？　私以外に白き宝珠に該当する者がいるのでしたら、私は無用でしょう？　国に帰らせていただきます」

リーブはベッドから降りて、部屋を出ていこうとした。だがバードに右手を摑まれて引き留《と》められた。とても強い力で握られて、リーブは少しばかり顔を歪めた。

「お前はこの国から出ることはできない」

「なんですか？　私を閉じ込めて、帰さない気ですか？　それとも力ずくで言う事を聞かせようとでも？」

「いや……別にそんなことはしない。ただ、お前はもうオレと婚姻を結んだのだから、この国からは一生出ることはできないのだ。ただそれだけだ」

「それは……どういう意味ですか……？」

リーブが苦痛に顔を歪めながら、バードを睨みつけるように言ったので、バードは少し握っていた力を緩めた。

「お前がもしもこの国から出ようとすれば、それは死ぬということだ……婚姻の儀式の時に石と絆を結んだだろう……お前の魂は、あの石と繫がっている。この国から離れれば死ぬことになる」

その話に、リーブは信じられないという顔をした。それと同時に、あたりに目を凝らした。ずっと気になっていたものが、今もまだ見えていることに気づく。儀式を行ったあの部屋で、石から放たれていた光の糸のようなものだ。薄明かりの灯る寝室で、リーブの体から幾筋もの光の糸が窓の外へと続いている。あそこからずっとここまで繋がっていたのだ。

バードの言葉が真実であるならば、この光の糸は石と繋がっていることになる。リーブと石は、あの時なんらかの呪縛をかけられたのだ。

「なんで……そんな……呪縛をかけたのですか!?」

「昔から定められている儀式だ……事の始まりは分からないが、かつて海賊を生業としていた頃、当然ながら敵も多く、男達が留守をしている間、一族が襲われ長の家族が人質にならないための手段として、神と契約したとも言われている。長の妻として、異国の姫をさらって来ていたので、逃がさぬための契約だったとも言われていて……いくつもの説があるが、それらがすべて伝説でもあり真実でもある……」

「死ぬ……死ぬですって!? ……私を殺すのですか!」

「愛するお前を殺すわけはないだろう……お前が逃げ出さなければ済む話だ」

バードは、不敵な笑みを浮かべる。

リーブは呆然とした。これは一体どういうことなのだろう。リーブにはまったく理解できないし、なぜこんなことになったのか考えたくもない。

バードのことを少しでも信じた自分が馬鹿だったのだ。ナーガ族が古き歴史ある民族だと、少しばかり特別視していたのが誤りだった。これではただの野蛮人だ。文明ある知識人のすることではない。

結局、海賊だった頃から、何ひとつ変わっていないのだ。人をさらって凌辱《りょうじょく》し、監禁するなどありえない。

リーブは、驚くほど冷静になっていた。むしろ気持ちが冷えて、彼らに対して怒りしか湧いてこない。

あの石が只《ただ》ならぬ力を持っていたのは明らかだし、あの儀式の時の波動も、自分の身に何かが起こったであろうと容易《たやす》く想像できた。リーブは、悔しくて唇を噛《か》んだ。魔術を扱う者としては、自分の身にこのような術をかけられたことが悔しくてたまらなかった。

「さあ……大人しく我がものになれ」

「いやです……私に触れないでください！　今度、また先程のようなことをしたら、痛い目を見ますよ！」

「なに!?」

バードは怒りを露《あら》わにしてリーブを睨みつけたが、リーブは凜《りん》とした態度でまったく怖《お》じ気《け》づかなかった。

しばらくの間、二人は睨み合った。

「……勝手にしろ！　どうせお前はもう逃げられぬのだ！」

バードはそう言って、腹立たしげに大きな足音を立てながら部屋を出ていった。バタンと乱暴にドアが閉められる。

遠ざかる足音を聞いて、リーブはホッと力が抜けてそのままベッドに倒れ込んだ。

「なんてことだ……」

天井を見つめながら呟いた。何もかもめちゃくちゃだと思った。

この国の王バード・アグラも、この国の習わしも、星詠み達も、あの石も……すべてがめちゃくちゃだ。常識では考えられないことばかりだ。

リーブ自身、こんなに怒ったことは初めてだ。怒りが大き過ぎると、頭も心も冷え切るのだと知った。そして怒るというのは、とても疲れるものなのだと知った。

今は何も考えたくない。ひどく疲れて、脱力感に襲われている。目を閉じて、ゆっくりと深呼吸をした。

「罰が当たったのかな」

ぽつりと呟いた。

今までまったく考えなかったわけではないのだが、こういう状況になって、改めて大聖官や教会の人々への不義理の数々を思い出して、ひどく後悔をした。

幼い頃、教会の前で行き倒れていたのを救ってもらい、温かい場所と食事を与えられ、大切に育ててもらった。リーブの才能を見出《みいだ》し、学問や魔術、剣術などの教育を惜しみなく与えてくれて、ルーの称号まで貰った。

世界中を探しても、こんなに幸せな孤児などいないだろう。

皆がリーブに期待していた。次の大聖官になることを望んでいた。それを知っていながら、ずっと逃げ回っていた。だから罰が当たったのだ。

ニーヴェリシアから遥か遠い南の島国で、野蛮な人々に捕まり呪縛をかけられてしまうなんて……。

「本当に最悪だ……」

リーブはそう呟いて目を閉じた。


そこは真っ白な世界だった。真っ白で何もない。地面も天井も分からない。真っ白な世界。

男の子が泣いていた。黒髪に褐色の肌の小さな男の子が、ぽつんと立っている。俯いて、鼻をすりながら、時々両手で涙を拭っていた。

「どうしたの？」

近づいて声をかけた。だが男の子は泣き続けている。

「なぜ泣いているの？」

もう一度声をかけた。

「お父さんとお母さんに二度と会えなくなった」

男の子は俯いたままで、涙声でそう答えた。

「お父さんとお母さんはどうしたの？　死んでしまったの？」

男の子の言葉に驚いて、そう尋ねると男の子は首を振った。

「生きてるけど会えないんだ……オレはもう一生会えないんだ」

男の子はそう言って、悲しみが込み上げてきたのか、しゃくりあげ始めた。あまりにかわいそうで、頭を撫でたいのだが、なぜだか手を伸ばしても触ることができなかった。

「泣かないで……きっといつか会えるよ！　僕が応援するから！」

慰めようとして、一生懸命励ましの声をかけた。するとそれに驚いたように、男の子が顔を上げた。こちらをじっと見つめると、ハッとしたような表情をした。

「白き宝珠？」

男の子がそう言ったので、今度はこちらが驚いた。

「え……」

何か言い返そうとしたところで、突然景色が変わった。

そこは家の中だ。知らない家のはずなのに、ひどく懐かしい気持ちがする。

「リーブ、そんな顔をしてどうしたの？　怖い夢でも見たの？」

優しい女性の声がした。そちらを見ると、金色の髪の美しい女性の姿があった。優しげな美しい女性……微笑みを浮かべている。だが顔がぼんやりとしてよく見えない。

「お母さん、あの子が僕の真実の名前を知っていたんだよ！」

ひどく興奮した様子で言うと、女性は少し首を傾げた。

「あの子？　それはこの前夢で見たという男の子の話？　またその子の夢を見たの？」

「あれはきっと夢じゃないと思うんだ」

高揚感もあり本気でそう思っていた。

「それは貴方の予知夢ということなのかしら？」

「よちむ？　分かんないけど……」

自分の気持ちをうまく言葉にできなくて、じわりと胸がざわつく。

「とにかく……あの子はきっとどこかにいて、僕を待っている気がするんだ。それに僕の真実の名を知っていたし……」

「ブランイシュカリーブと呼ばれたの？」

女性の言葉に首を振った。

「それは僕達の……カリフ族の古い言葉でしょ？　あの子は僕を白き宝珠って呼んだんだ。ブランイシュカリーブって白き宝珠って意味なんでしょう？」

「貴方がその子に教えたの？」

「違うよ。あの子が勝手に僕をそう呼んだんだ！　だから驚いているんだよ」

興奮して、頬を紅潮させていたのだろう。女性は苦笑しながら、宥《なだ》めるように頭を何度か撫でてくれた。

「リーブ……真実の名が貴方にとって大切なものであることは分かっているわね。家族以外……他人に貴方の真実の名のことは話してはいけないの。貴方にとってとても大切だと思える相手に出会ったら……」


ぱちりと目を開けた。しばらくぼんやりと天井を見つめる。ぼんやりとする意識が、次第にはっきりしてくると、その見慣れたようで見慣れない天井に、ここはシークだったと思い出す。

大きく溜息を吐いて、ゆっくりと体を起こした。

今、とても懐かしい夢を見ていたと思う。たぶん幼い頃の夢だ。たぶんというのは、夢の内容を覚えていないからだ。

幼い頃の記憶がないせいなのか、それとも何か他の原因があるのか分からないが、記憶を失う前の幼い頃の夢を見ると、決まって目が覚めた時に夢の内容を忘れてしまうのだ。

なんとなく「懐かしい気持ち」とわずかに断片的な映像が残っているだけだ。それで幼い頃の夢を見たのだろうと、自分では思っている。

その夢を覚えていることができれば、記憶が戻るきっかけになるはずなのだが、どんなに思い出そうとしても、まったく思い出せない。

「それにしても随分久しぶりに見たな」

独り言を呟いて苦笑した。ここ数年見なくなったと思っていた。それになんだか、ひどく心に残るこの感じは何だろう？　とても大事な内容の夢だった気がしてならない。

目を閉じて額に手を当てて考え込んだ。

ふいに女性の姿が浮かんだ。顔ははっきりしないが、長い金色の髪の……そう今のリーブと同じような髪の女性。

「母親なのだろうか……」

そう呟いて、懸命に思い出そうとするが、それ以上は無理だった。

リーブは諦めるとベッドから降りて、服を着替え、寝室を出た。

居間のテーブルには、すでに朝食の準備がされている。侍女がリーブに深々と頭を下げて「おはようございます」と言ったので、リーブもそれに応えた。

椅子に座ると、すかさずお茶が注がれる。爽やかな香りが、湯気と共にふわりと立ち上った。

あの儀式から三日が経っていた。バードを追い出し、部屋に閉じこもって、誰にも会いたくないとすべてを拒絶した。

本当は食事も拒否したのだが、勝手に用意されてしまうと、聖職者としては食べ物を粗末にするわけにはいかず、仕方なく……そう、仕方なく食べている。

この島は肥沃な大地らしく、作物は豊かに実り、周囲の海は豊饒《ほうじょう》な漁場で、食材にはとても恵まれているようだ。とにかく料理がとても美味《おい》しい。

侍女の手前、澄ました顔で食べているが、実はここでの三度の食事が何よりの楽しみになっていた。もしかしたら、すでに胃袋はシークに魅了されてしまっているのかもしれない。

『肉もとても柔らかくて美味しいな……牧畜も盛んなのか？　それとも他国から輸入しているのだろうか？』

牛の肉を牛乳で煮込んだような、とても美味しい料理を食べながら、内心幸せな心地でそんな風に考えた。

視線を窓の外へ向ける。南国特有の強い日差しが、緑の木々を照らしている。

三日間、この国で一人静かに過ごしてみて気づいたことがある。それは夜がとても静かだということだ。悪い意味ではない。静かといっても、虫の声は聞こえるし、風向きによっては、時折遠くで海のさざ波の音が聞こえたりもする。

それはリーブが様々な国を旅してきて、初めて味わう静かな夜なのだ。つまり妖獣の気配や鳴き声を、一切聞くことがないという意味だ。

この世界にあって、一切妖獣の気配や鳴き声のない夜などありえないと思っていた。平和に統治されたニーヴェリシアでさえ、夜になるとどこからか妖獣の遠吠えが聞こえてくる。

町は門を閉ざし、警備の兵士が交代で番をし、人々は深夜の外出はしない。それがこの世界の暗黙のルールとなっていた。どの国も共通だ。

ニーヴェリシアのような堅固に守られた国はともかく、小さな国や集落では、夜には町の中でも妖獣が徘徊《はいかい》することもある。人々は絶対に家の外には出ない。

妖獣の悍《おぞ》ましい鳴き声に、子供達は怯《おび》えるが、それにも次第に慣れていく。それが当たり前の日常だからだ。

しかしシークでは、一度もそれを聞いたことがない。もしかして、この国には……この島には妖獣がいないのだろうか？　妖獣討伐を生業とするナーガ族だから、すべて狩ってしまったとでもいうのだろうか？

リーブは側に控える侍女をチラリと見た。

「あの……この料理の食材は、すべてこの国で獲れたものですか？　肉なども？」

リーブがやんわりとした口調で尋ねると、侍女は一瞬驚いたように目を丸くしたが、頬を上気させながら一度軽く頭を下げた。

「はい、食材はすべて我が国で獲れたものです。野菜も魚も肉も……お口に合いますでしょうか？」

あまりに侍女が嬉しそうに答えたので、リーブは思わず笑みを漏らした。

「ええ、とても美味しいですよ。料理人の腕もですが、やはり食材もとても良いものだと思いました。そうですか、すべてこの国の物ですか」

リーブは頷きながら、料理を一口食べた。ふと見ると、侍女がまだニコニコと笑顔で嬉しそうに見つめている。いつもはおどおどと、リーブの顔色を窺うように控えていたので、リーブは少しばかり驚いた。そして我に返る。

彼女がおどおどしていたのは、自分の態度のせいだと気づいたのだ。怒りのあまり、すべてに対して拒絶の態度を取っていた。あれ以来一切誰とも口を利かないと決めていたから、侍女とも話をしていない。話をしていないどころか、世話をしてもらっていたのに、礼ひとつ言っていなかった。

ずっと冷たい態度を取られて、彼女はかわいそうに委縮していたのだろう。雰囲気の悪いこの部屋で、リーブが食事をする間ずっと待ち、何も言わないリーブの顔色を窺い、お茶を出す時機をみたり、皿を下げる時機を計ったり、かなり気を遣わせてしまったはずだ。

なんて態度の悪い者だと思われていたのだろう。

話しかけただけで、こんなに嬉しそうな笑顔になるなんて……。リーブは心が痛んだ。

「あの、少し質問をしてもいいですか？」

リーブはナフキンで口元を拭くと、侍女に微笑みかけながらそう尋ねた。

「え？　あ、わ、私にですか？　あの……私で答えられることでしたら……」

「答えられることだけで結構ですよ。この国には妖獣はいないのですか？」

突然の質問に、侍女は驚いたように目を見開いた。そして少しばかり考えるように視線を逸らした。

そんなに難しい質問をしたつもりはないのだが、彼女の戸惑う様子に、リーブは苦笑した。深い意味があると思われたのだろうか？

「夜がとても静かだからそう思ったのです。私は今まで色々な国を旅してきましたが、世界中、どこに行っても夜は妖獣達の気配がするものです。遠吠えだったり、足音や息遣い……どんなに治安の良い平和な国だって、野を駆ける妖獣を完全に排除することはできません。でもこの国ではそれがないので不思議に思っていたのです」

リーブが丁寧に説明をすると、彼女は益々《ますます》驚いたような表情をした。

「そんなにあちこちに妖獣はいるものなのですか？」

ぽつりと彼女が呟いたので、リーブは納得したように頷いた。

やはりこの国には妖獣がいないのだ。彼女の素直な反応がその証拠だ。妖獣がいないというのが、彼女にとっては普通なのだ。それは本当にすごいことだと思うのだが、たぶんこの国の者達には分からないだろう。

「この国の戦士達が他国の妖獣を退治していることはご存知ですよね？　そして恐らく、年に何度も行っているはずですから、それだけ世界中にたくさん妖獣被害で困っている人々がいるのです。でもそうやって妖獣討伐をお願いするのは、よほどの大物と言うか……かなり凶暴で大きな妖獣……放っておけない……何人も妖獣に襲われて被害が出ている場合だけです。もっと小さな、犬や猫くらいの大きさの妖獣は、そこかしこにいて、夜には野を駆け回り、時には町や村に侵入して、鶏《とり》などの家畜を襲ったりします。家の中までは入ってこないから、人々は夜は外出せず家の中で過ごします。小さな妖獣なら払うことができるお守りなどもありますからね……そういうもので家や身を守ったりします。それが普通なのです。でもその様子だと、この国には妖獣自体がまったくいないのですね」

リーブが分かりやすく説明をすると、懸命に聞いていた侍女が、ようやくすべてを把握したようで、何度も頷いた。

「陛下とお后様のおかげで、この島は護られていますから！」

「王と后のおかげ？」

「はい、私も詳しくは知りませんが……この島は、王と后が婚姻の際に石との縁を結ぶことで、結界ができて、災いから護られるのだと聞きました。だから王は即位したら、できるだけ早く伴侶を迎えなければならないと……バード様はずっと宝珠様を待っていらっしゃいました。だから……宝珠様がいらっしゃって、本当に良かったと私達も喜んでいるんです」

侍女が満面の笑顔で言うので、リーブは言葉を失ってしまった。こんなに無条件に、リーブを受け入れている民の姿には絶句してしまう。益々、この三日間のリーブを、彼女がどう思っていたのかが気になった。

「王様のことが好きなんですね」

「もちろんです」

彼女は笑顔で即答した。

「バード様は素晴らしい長です。私も私の家族もみんな尊敬しています。私の周りで長を敬わない者はおりません」

断言する彼女の口調からは、嘘偽りは感じなかった。家臣として上辺だけで言っているようなものではない。それは心からの言葉に聞こえた。

「どんなところが尊敬できるんですか？　あ、その……貴方が私のことをどう思っているのか分からないけれど、私はこの国に来たばかりで、王にも会ったばかりで……なりゆきで結婚したけれど、彼のことがまったく分からないんです。ちょっと喧嘩《けんか》して……今は彼に近寄らないように言っているけれど……ずっとこのままで良いとは思っていません。だから彼について教えてくれると助かります」

　侍女に警戒されないように、リーブは言葉を選びながら尋ねた。すると侍女は、微笑みながら頷いた。

「はい、リーブ様のお立場は、私も理解しております。陛下に対して腹を立てていらっしゃることも承知しています。ですがどうか、陛下をお許しください。陛下は本当に素晴らしい方なのです。決してリーブ様が思っていらっしゃるような方ではありません。誰よりも勇敢で、誰よりも誠実で、誰よりも優しいお方です。私達ナーガの民のことを、誰よりも慈しみ、大切に思ってくださる方です。私はあの方にこの国の王でいていただきたい……退位して欲しくありません。そう思っている国民はとても多いのです」

　侍女は真剣な様子でそう訴えた。そしてリーブの前に跪《ひざまず》くと祈るように両手を合わせて、リーブの顔を見つめた。

「どうかリーブ様、陛下をお許しになってください。そして陛下をご理解ください。どうかお願いいたします」

　リーブも真面目な顔で、侍女を優しく見つめた。

「君の名前は？」

「アイシャと申します」

「ではアイシャ、もうひとつだけ聞きたいことがあるんですが……」

リーブは窓辺に座ってくつろいでいた。「まどろみの場所」と勝手に名付けたその場所は、リーブのお気に入りになっていた。居間の窓辺に、何枚もの絨毯が重ねて敷かれ、大きなクッションがいくつも置かれ、寝そべるように座ってくつろぐことができる場所だった。窓からは心地よい海風が入ってきて、窓の外の美しい緑の樹々を眺めることができた。そこにいると、とても心地よくて癒やされる。

この三日間、日中はここでぼんやりと過ごしてきた。そして色々なことを考えた。

最初の日は、ただひたすらに怒りしかなかった。二日目には、怒りは収まったが、何もする気がおきなくなっていた。そして三日目の今日は、なんだか様々なことを真剣に考えていた。

最初にリーブが気づいたのは、自分と石を繋いでいる呪縛が、結局は魔術の一種であり、決して解けない訳ではないということだ。

あの時、星詠みが唱えた呪文により、呪縛をかけられた。初めて聞く呪文だったし、このような形の呪縛も、初めて見るものだったので、気が動転して怒るばかりだったが、人が作った魔術ならば、解けないものはない。ただ魔術は、それをかけた者にしか解くことはできない。しかし同じ魔術を習得すれば他の者でも解くことはできるはずだ。特にかけた術者よりも力が上の者であれば、可能だ。

リーブであれば、解くことができるだろう。

なんとか星詠みから、呪文を聞き出せばどうにかなるかもしれない。

だがそんな風に考えた後、なぜだか侍女アイシャの言葉が脳裏をよぎった。

『陛下とお后様のおかげで、この島は護られていますから！』

リーブの予想通りならば、王と后が石との契約を交わした時、石の魔力が増大して、この島全体に張っている結界の力が増すのだろう。それによって妖獣が、この島に入ることはない。

王と后が揃うことで、力が増大するのか、安定するのか……とにかくこの国にとっては不可欠なのだ。だから后のいない王は、退位させられてしまうのだろう。

自分がもしも石との呪縛を解いてしまったら、この国はどうなるのだろう？　そして王はどうなるのだろう？　もちろんリーブが逃げ出せば、王は退位しなければならない。

あの男はどうするのだろう？　怒って地の果てまでもリーブを追ってくるだろうか？

そこまで考えたところで、リーブは側に置かれたカップを手に取り、少し冷めてしまったお茶を飲んだ。

あの男のことが本当に分からない。窓の外の景色を見つめながら、リーブはつくづく思った。

粗野で愚かな男だと思っていた。彼が欲しているのは、自分の王としての地位を盤石にしてくれる后の存在。相手がどこの誰だろうと、男だろうと女だろうとかまわない。力ずくで手に入れて、犯してしまえばよいと思っている。そんな男だと思っていた。

だが少しばかりそれは違っているらしい。

リーブはカップを置くと、凭れ掛かっている大きなクッションに頬杖をついて、ひとつ溜息を吐いた。

あの時……魔法を使って身を守った。怒りのままに叫んで、あの男を追い払った。あれ以来、彼はリーブの下に来ない。二度と力ずくで襲ってこない。

それはリーブにとっては良いことなのだが……不思議だ。

あんなに強引だったあの男が……リーブが思っているような粗野で愚かな男ならば、何度でも力ずくで襲ってきそうなはずなのに……あの男が果たしてリーブの魔法を恐れるだろうか？

大魔導師というリーブの正体を知っているならともかく、あの時のあの程度の魔法を、恐れるだろうか？

それにあの男があれ以来リーブの下に来ないと言ったのは正しくない。正確には襲いにこないというだけで、まったく一度も来なくなったわけではなかった。


深夜皆が眠りについている頃、一人で眠るリーブの寝室に入ってくる人影があった。静かにそっと入ってくると、真っ直ぐにベッドの側にやってきて、しばらくの間リーブの寝顔を見つめている。そして静かにベッドの脇に跪くと、そっとリーブの金の髪に触れる。

その大きな無骨な手で、息を潜めてリーブの髪を撫でて、髪先にそっと口づける。それはまるで神聖な儀式のように、毎日繰り返されるのだ。リーブが追い出したその日の夜から、彼は来ていた。最初、リーブはその身を強張らせた。また何かされると思ったからだ。

この乱暴で横暴な君主は、リーブを我がものにしようとしていたのだから、夜這《よば》いをかけにきたに違いないと思った。しかし彼は何もしなかった。

ただ傍らに跪き、リーブの髪をそっと撫で、髪に口づけるだけだった。リーブを起こさないように、気を遣っているのがその場の空気で分かった。気になって目を開きたかったが、リーブも息を殺してずっと眠ったふりを続けていた。

毎日その儀式のような行為が行われるせいで、リーブも段々とバードに対する怒りや恐怖が拭い去られていく。

怒りの代わりに、なんだか少しせつない気持ちが湧いた。彼にとって、自分は何なのだろうと問いかけてみる。彼の言葉や態度では、強引で自分勝手にリーブを支配しようとしているように思えたのに、彼の心の内は違うような気がしてきていた。

『愛している』と言った彼の言葉は、偽りのない真実なのだろう。初対面の相手に、それも男相手に、なぜそんな偽りではない愛情を持てるのだろうか？　この毎夜繰り返される儀式が、彼の誠意のすべてだというのだろうか？

今夜も彼はやってきた。

儀式のような行為を済ませて、またいつものように静かに部屋を出ていく。

しばらくしてリーブは目を開けると、そっとあたりを窺った。窓から蒼《あお》い月の光が射し込んでいて、部屋の中はぼんやりと薄明るかった。

寝着のまま、薄い掛布を羽織って、忍び足でそっとドアの所まで行った。ゆっくりと開けて、居間の様子を窺う。

窓辺の絨毯を数枚重ねて敷かれた「まどろみの場所」とリーブが勝手に名付けている場所に、クッションを抱えて眠るバードの姿があった。

朝、侍女のアイシャに聞いた通りだったので、リーブは小さく溜息を吐いた。

「こんな所で……」

リーブは驚いて小さく呟いた。王ともあろう人が、毎夜ここで眠っていたなんて……。

アイシャに聞いたのだ。

「ではアイシャ、もうひつだけ聞きたいことがあるんですが、王様は毎晩どこで眠っているんですか？　私が使っている寝室は、本来王の寝室でしょう？　彼はこの三日どこで眠っているのか教えて欲しいんです」

するとアイシャは困ったような顔をして、少し考えてから教えてくれた。

「実はそこでお休みになっているのです」

そう言って指差した場所は、リーブが「まどろみの場所」と名付けて気に入っていたこの場所だったのだ。

リーブはそれを聞いてまさかと思った。でも本当だった。

冷静に考えれば分かるはずのことだ。王が婚礼の夜から寝所を追い出されたなど、家臣達に知られるわけにはいかないだろう。侍女のアイシャは知っていたが、彼女は誰にも言っていないようだ。

リーブは急に胸が痛んだ。

ただの暴君と思っていたが、不器用なだけで、本当はとても優しく繊細な人物なのかもしれない。

アイシャの言うように、誰よりも優しい人なのかもしれない。

側まで行くと、そっと羽織っていた掛布をバードの体にかけた。

「ん……」

バードが目を覚ました。

「な……んだ？」

眠そうに目を擦ると、体を起こしながらリーブの姿を確認した。

「すみません……起こしてしまって……」

「どうした？　……何かあったか？」

「……こんな所で眠っては、体を壊しますよ。さあ……寝所へいらしてください」

リーブは優しく微笑んでそう言うと、手を差し出した。バードは驚いた様子で、その差し出された手とリーブの顔を交互に見た。

「ただし……私に変なことをしないと誓ってくださるなら……ですが」

リーブは、ニッコリと笑って言った。バードもつられて少し笑みを浮かべると、その手を取って立ち上がった。

「随分難しい条件だな……努力はしよう」

バードらしい答えに、リーブは少しおかしくなって笑った。

「なんだ？」

「いえ……あなたのことをもっと教えてください……私たちは、どうやら順番をまちがえているようです……このままでは好きになるものもなれません」

「好きになってくれるか？」

「それはまだ分かりません……でも……今は……嫌いではないですよ……変なことをするあなたは嫌いですけど」

そんな会話をしながら、二人は寝室へと入っていった。

「一緒に寝てもいいのか？」

「ええ、ベッドはひとつしかありませんし……さっき言ったことは誓えますよね？」

リーブの言葉に、バードは腕組みをして考えるふりをした。

「努力はしよう……あの変な術は痛いからな」

「すみません……」

それを言われると、リーブは恐縮してしまう。咄嗟《とっさ》のこととはいえ、殺されるような危険な目にあっているわけでもないのに、人に対して攻撃の術を使ってしまったのは、本当に申し訳なく思った。でもリーブにとっては、殺されるのに近いほど危機的状況だったのだ。気が動転したのも無理はない。

バードは先にベッドに入った。半分を空けて、リーブに来るように促した。リーブは少し躊躇したが、自分が提案したことではあるので、仕方なくベッドに入った。

横になって、隣を見る。バードがリーブの方に体を向けている。ふいにその大きな腕が、リーブの体を引き寄せた。

「な……何を……」

「シッ……何もしないから暴れるな」

バードは思いがけないくらいに、優しい口調で言った。両手に包み込まれて、抱きしめられるような形になった。

「宝珠……お前の香りはとても安らぐ……これ以上何もしないから、眠る間このままでいさせてくれ」

バードが優しく耳元で囁いた。リーブは思わず少し赤くなった。反抗できずに大人しくしていると、やがてバードの寝息が聞こえてきた。リーブは腕の中で、バードの鼓動を聞いていた。

『不思議な人だ』と思った。

優しいのか、いじわるなのか分からない。

リーブとしては、かなり思いきって声をかけた。あれ以来初めて口を利いたのだ。気まずさもあった。彼がどんな反応をするかも分からない。また怒り出すかもしれない。そう覚悟していたのに、随分あっさりと、まるで何事もなかったかのように、彼はリーブに対して普通に会話し、こうして一緒のベッドで寝ている。

図々《ずうずう》しくも、リーブを抱きしめるようにして……バードの腕の中はとても温かだった。気温は寒いわけではないけれど、このぬくもりがなぜかとても心地よかった。

ずっと放浪の旅をして、色々な人と出会い、親しくなった人達もたくさんいたけれど、こうして誰かに抱かれて眠るなど何年ぶりだろう。いや……もしかしたら初めてかもしれないと思った。物心ついた頃は、もうひとりぼっちだった。両親の顔も、どんな所で育ったかも、自分の名前さえも覚えていない。だから親に抱かれて眠ったことがあるかも覚えていない。

記憶がないのだから、それをさみしいと思ったことは一度もなかった。だけどこうして、誰かに抱かれて眠るのはとても心地よいものだなと思った。バードの体からは、陽だまりの匂いがした。

リーブは穏やかな気分で、いつの間にか眠りに落ちていた。

気がつくとどこまでも広がる草原に立っていた。柔らかな日差しと、目に眩しいほどの緑。ゆっくり歩き出すと、柔らかな春の新芽がフワフワとして、裸足にとても気持ち良かった。なんだか自分の手足が、子供のように小さく見える。

誰かが後ろから優しくリーブを抱きしめた。白く綺麗な優しい手だった。ふわりと甘い香りがした。この手もこの香りも誰のものか知っている。見上げようとしたら、その頭に大きな手が乗せられ、髪をくしゃくしゃにされた。この手も誰のものか知っている。とてもとても嬉しくて幸せな気分になった。

でも日差しと、日差しに光る緑が眩しくて、目を開けていられなくて、二人の姿を確認できない。幸せな幸せな陽だまりの中にいた。

幸せ過ぎて、眩し過ぎて、なんだかとてもせつない気持ちになった。泣きたいくらいに幸せな気分とはこのことだろうか？

「宝珠……宝珠……」

体を揺すられてハッとした。目を開けると、バードの顔があった。とても心配そうに、リーブの顔を覗き込んでいる。

「あ……おはようございます……どうしたのですか?」

「悲しい夢でも見たのか?」

バードがそう言ったので、リーブはようやく自分が涙を流していることに気がついた。

「あ……」

バードの大きくて無骨な手が、リーブの頬の涙を優しく拭った。

「大丈夫か?」

バードが気遣うように尋ねる。リーブは頷いて、照れ笑いをしながら、自分でも涙を拭いた。

「大丈夫……悲しくて泣いたわけじゃないですから……」

「夢を見ていたのか?」

「ええ……とても優しくて……幸せな夢でした……きっと幸せ過ぎて……涙が出てしまったのでしょう」

リーブは少しせつなさの残る小さな胸の痛みを感じながらそう答えた。

「それよりよく眠れましたか?」

リーブが起き上がりながらバードに尋ねた。バードはベッドの上に胡坐《あぐら》をかいて座り、ニッと笑った。

「おかげ様で……久しぶりのベッドだったからな」

しれっと答えたその言葉に、リーブは苦笑した。

「バード、私はまだ貴方を許したわけではありません。でも貴方は話を聞いてくれる方だと思っています。真面目にもう一度私の話を聞いていただけませんか？　あの夜……儀式の後に話したことを、もう一度きちんと話し合いたいのです。私の話を聞いて欲しいし、貴方の話も聞きたい」

「いいだろう。だがまずは朝食を食ってからだ。その後時間を作ろう」

意外なほどあっさりとバードが承諾したので、リーブはなんだか肩透かしを喰《く》らったような気持ちになった。こんなに簡単に話が進むと、果たして彼が本当に真面目に話し合いに応じてくれるのだろうかと不安になるほどだ。

初めて二人で朝食を食べた。特に会話はしなかったが、侍女のアイシャがとても嬉しそうに、二人の食事の世話をするのが気になった。

バードと仲直りをしたと思ったのだろう。なんだか申し訳ない気持ちになる。

なぜならリーブは、まだ逃げ出す算段を諦めたわけではないからだ。このまま大人しく王妃の座に納まるつもりはないし、バードと話し合いの上で、なんとか穏便に出ていく策を考えたいと思っていた。

バードを説得して、リーブのことを諦めてくれれば一番良いが、それはかなり難しいかもしれない。いや、無理だろう。なんとか互いに譲歩して、后としての役割を許してもらう代わりに、二、三年くらいはこの島に留まることは止むを得ないと思う。その後、この島から出るのを許してもらえないか……そこまでの約束はできなくても、逃げ出す機会を探る術はないか、そのあたりをバードから聞き出したかった。

食事の後、バードは一旦政務に向かった。

昼に昼食を取りにバードが戻ってきて、また一緒に食事をすると、その後「行こうか」とバードに外へと誘われた。


バードはリーブを馬に乗せ、二人乗りで館の外へと出た。

たくさんの作物が育つ広い畑や、丘の下に広がる城下町、森や山もある。リーブの想像以上に、シークは自然豊かな島だった。リーブはそれらを嬉しそうに見まわしていた。

バードは馬を軽快に走らせて、畑や林を抜け、随分館から離れた方へと向かっているようだ。

どこに行くのだろう？　と思ったが、もう何も聞かないでおこうと思った。

半刻ほど走ると、道はなだらかな坂道へと変わっていた。あたりは雑木林と、所々に草原が見えるのみだ。たまに小さな畑と数軒の家がポツポツと見える。一気に坂を駆け上がって、頂上あたりまで来たところで、突然目の前に広く青い海原が視界に飛び込んできた。

「あ……」

リーブは思わず息を飲んだ。そこで馬を止めると、バードはどうだとばかりの自慢げな顔をしていた。海から吹きつける強い風が、二人の頬に当たる。リーブは振り返って、バードの顔を見た。

「どうだ……ここからの景色が一番気持ちいいんだ」

バードは、自慢げに言った。

「……はい」

リーブは素直に頷いた。二人はしばらくの間黙って海を眺めていた。

「いつも……ここには来るんですか？」

「ん……まあな……」

「一人で？」

「ああ……人と来たのはお前が初めてだ」

バードはそう言いながら、馬から下りた。手を差し出したので、リーブはその手を取って下馬する。

少し歩いて道の先端まで行ってみた。そこは切り立った高い崖の上で、遥か下には荒い波が打ちつけて白い泡が立つのが見えた。

　強く腕を摑まれていたので、リーブは安心して下を覗き込めた。その時ふと、自分が彼を完全に信頼していることに気がついて少し驚いた。バードがたとえ冗談でもリーブの腕を放したり、押すようなことは絶対にしないという安心感があるのだ。そう思って振り返ると、改めてしみじみとバードの顔を見た。

　とても優しい眼差しでリーブを見つめている。いつもそうだ。まだ彼のことは、ほとんど知らない。この国に来てからやっと一週間だ。

「どうしてここに？」

「ここならば誰もいない。何を話しても誰も聞いていない。オレ達が喧嘩して、戦うことになってもな」

　バードはどこまで本気なのか分からないが、そう言ってニッと笑う。リーブは困ったように苦笑した。

「お気遣いありがとうございます。でもできれば喧嘩はしたくないと思っています」

「それはもちろんオレもだ」

　バードはそう言いながら、その場に腰を下ろして胡坐をかいた。リーブもそれに倣って、向かい合うように座った。

「オレだって考えたさ」

　突然バードがそう切り出した。リーブは驚いたようにバードを見つめる。

「お前には悪いことをしたと思っている。騙《だま》し討ちのようにして、石との契約を交わしてしまった。王には一刻も早く伴侶が必要だったのだ。王と王妃と石の力で、この国を護らなければならない。なぜならオレが王として選ばれた時、同時にこの国に初めての災厄が訪れると予言されたからだ。だから次の王と王妃は、とても石の力を強くする存在だと予言された。オレの伴侶が、この国の者ではなく『白き宝珠』だったことも、その証だと……だが現れない白き宝珠に、皆が焦っていた。オレも焦っていた。だからお前が現れて、有無を言わさずたったの四日で結婚式を挙げた。本来ならば、オレが王としての教育を受けたように、お前にも時間をかけて、王妃としての教育をして、お前自身の立場を理解してもらった上で結婚式を挙げるのが、正しい順番だった。よそ者のお前からすれば、この国の事情など他人事だろう。怒るのも無理はない」

　それは淡々と語られた。まるで先制攻撃を受けてしまったかのように、リーブは言葉もなく聞くしかなかった。

「あと少しだけ我慢してくれないか？　あと少しと言っても正直なところどれくらいになるか分からないが……少なくとも一年はかからないから……半年か、あと数か月我慢して欲しい。それまでに策を練るから……予言された災厄というのがいつごろ来るのか、どういうものなのか、もう少し具体的な予言をするように、星詠み達に催促しているところなんだ。それさえ分かれば、後はオレの方でなんとかする。船くらいは用意してやるから、自分でなんとか脱出してくれ……オレにはよく分からないが、お前はかなり優秀な魔術師なのだろう？　星詠みがかけた石の呪縛は、きっとお前なら解くことができるだろう」

「ちょ、ちょっと待ってください！」

「ん？」

リーブは慌てて話を遮った。バードは不思議そうに首を傾げる。

「そんな……勝手にベラベラと話を進めないでください！　まだ私は少しも話をしていません。第一、貴方は自分が言っているのがどういうことか分かっているのですか？　今の話……私に逃げろと言っているように聞こえますよ？」

「何を言ってるんだ？　オレはちゃんと脱出しろって話しただろう？　言っているようにじゃない、言ったんだ。通じなかったのか？」

バードが呆れたように言うので、リーブは更に驚いて目を丸くした。この人は一体何を言い出すのだろうと思った。確かにリーブも逃げ出す算段はあったし、術も解けるだろうと思ったが、それと同じことを王が考えていたなんて、誰が思うだろう。

「私がいなくなったら、この国の結界はどうなるのですか？　それよりも貴方だって、退位しなければばならなくなるのですよ？」

「そうだ。そうしたら次の候補者が王位に就く。その者が伴侶を迎えれば、この島はまた石の結界に護られる。ただ予言の災厄がどういうものか分からないうちは、次の王に交代するわけにはいかない。オレが責任をもって後始末はつけないといけないからな」

真面目な顔でそう答えたバードを見つめながら、リーブは『ああ……』と心の中で感嘆の息を漏らした。それはすべてを理解したからだ。

アイシャの言った通りだと思った。この男は、真の王なのだ。決して粗野で愚かな王ではなかった。少なくとも、リーブの知っているどの王よりも（ニーヴェリシアの王と比べるのは憚《はばか》られるが）民を思う正しき王だと思った。

自分自身は王としての権力も地位にも何もこだわっていない。国のために王位を捨てることを厭《いと》わない。だが役目を放棄するわけではなく、自身が王として取るべき責任は、誰よりも分かっている。

こんなすごい人だったなんて知らなかった。誤解していた。

「バード……貴方が一人でここに来るのは、どんな時なのですか？」

「は？」

急にリーブがそんなことを尋ねたので、バードはきょとんとした顔をした。

「オレがここに来る時は……」

言いかけて、少しばかり眉間を寄せて顔を歪めた。言いにくいことなのかと思って、リーブは何も言わずに待った。

「弱音を吐きたくなった時だ……なぜオレの伴侶が現れないのかと……オレ一人では民を守ることはできないのかと……自信を失いそうになった時だ」

気まずそうな顔で、そう告白したバードを見つめながら、リーブは少し胸が痛くなっていた。

『こんなことまで正直に私に話すなんて……』

もしかしなくても、本当にこの人は自分のことを愛しているのだと、リーブは思って胸が痛くなったのだ。

「バード、教えてください。前にも聞きましたが……なぜ貴方は私を愛しているなんて言えるのですか？　会ったばかりの私に、男の私に！」

するとバードは困ったような表情をした。少し考え込んでいる。

「それは……会ったばかりじゃないからだ……お前が……似ていたから……」

「それ、この前も言いましたね？　誰に似ているというのですか？」

リーブが食いついたように聞き返した。その勢いに、バードは押されて口を開いた。

「オレの夢に現れる宝珠にだ」

「貴方の夢に現れる宝珠？」

復唱したリーブに、バードは真面目な顔で頷いた。

「子供の頃、毎日のように見ていた夢があるんだ。真っ白な何もない世界で、オレは一人の子供に会う。オレは一目でその者が白き宝珠だと分かった。理由なんてない。オレには分かった。それに、夢のようで夢じゃないような不思議な感じがしたんだ。遠く離れたその者と、直接心で会っているような、そんな不思議な感覚の夢だ。だがある日突然その夢を見なくなってしまった。オレもそのまま忘れていたが、お前が来た前の晩に、何十年ぶりかにその夢を見たんだ。夢の中の白き宝珠は、昔のままの子供の姿だったが、今のオレにははっきりと分かった。なぜなら現れたお前にそっくりだったからだ」

リーブは額を押さえていた。今一瞬何かを思い出しかけた。白い世界と子供という言葉に、既視感を覚えた。懐かしいような思いが胸に広がった。

リーブの様子に、バードは心配そうな顔をしている。具合が悪いのかと思ったようだ。

「おい、大丈夫か？」

「私には子供の頃の記憶がありません。幼い時に一人で行き倒れているところを、ニーヴェリシアの司祭達に助けられて、そのまま育ててもらいました。どこの者とも分からぬ人間です」

「オレの父親は一介の武官で、王にはまったく関係のないただの家臣だった。いや……家臣とは言っても、直属の家臣ではなく、主に他国へ傭兵や妖獣討伐に出かける戦闘兵の小隊長を務めていたという程度で……まあいわば平民だな。だからオレは六歳の時に、王としての教育を受けるために親から離されたし……それ以来親とは会うこともなく、ずっと他人の中で、次期王として育てられた。この国では当たり前のことだが、オレは王族でもないし、高貴な血筋でもない」

リーブが告白した出自に、対抗するようにバードがそう言ったので、リーブはまた驚くと共に、思わず笑みが零《こぼ》れていた。本当に彼の想いやりに胸が熱くなる。

「バード、私は何を覚えればいいですか？」

「ん？」

「王妃として、何を覚えればいいですか？」

リーブがニッコリ笑って言うと、バードが思わず嬉しそうな顔をしたので、リーブは慌てて両手を前に差し出して制するポーズを取った。

「誤解しないでください。別に私は王妃になるつもりはありません。時が来たら遠慮なく逃げるつもりです。でもここにいる間は、ただ飯食らいをするわけにはいきませんから、世話になる分働くという意味ですよ」

「それでもいい」

バードは差し出しているリーブの手首を掴むと、ぐいっと引き寄せて、リーブに軽く口づけた。

驚くリーブをよそに、バードは笑いながら立ち上がると、馬の手綱を持った。

「さあ、そろそろ館に戻ろう」

「バード！　今のは約束破りですよ！」

リーブは真っ赤になって文句を言いながら立ち上がった。


バードはリーブのために、早速学者達を用意した。この国の歴史だけではなく、政治や経済まで、シークのすべてを学べるようにお膳立てをしてくれた。

リーブは新しい知識を学ぶことはとても嬉しく、嬉々《きき》として毎日学者達に教えを請うた。

バードは館にある書庫も開放し、リーブが好きなだけ本を読めるようにもしてくれた。

リーブは毎日、学者達と様々な意見を交わしながら楽しく学習し、それ以外の時間は好きなだけ本を読んで過ごした。館の外に出ることも許されたので、時々馬を借りてあたりを散策した。

毎日が充実していた。すっかり自分の立場を忘れてしまうほど、楽しんでいた。

気がつけばあっという間にひと月が過ぎていた。

一方バードとの関係はというと、何も変わらないようで、少しばかり変わりつつもあった。

バードとは毎日、朝昼晩の食事を共にし、その時に色々な話をした。夜は同じベッドで眠るが、リーブとの約束を守り、バードは性的なものは一切求めてこなかった。ただリーブの体を抱きしめて眠ることはやめてくれない。

リーブは少しずつバードへの気持ちの変化を感じていた。

とっくに粗野な愚か者とは思っていない。彼の王としての資質に感服したし、だからこそ彼との距離を縮めることができた。

王として、人としては信頼している。だが夫として愛せるかどうかは、別の話だと思っていた。

リーブ自身には同性愛の性癖はない。いや、それ以前に男女の恋愛だってしたことがない。だから誰かを愛するとはどういうことかあまりよく分からない。バードを愛せるのかも……。

しかしバードはリーブを愛していると言う。とても優しい眼差しでリーブを見つめる。するとどうしたらいいのか分からなくなる。以前のように拒絶することができなくなっていた。

ただ流されているだけなのかもしれない。でも胸のもやもやの存在が何なのか、無視できなくなっていた。


「随分、夫婦仲睦《むつ》まじいようじゃないか」

執務室でたくさんの書類に目を通していたバードの元に、鎧姿《よろい》の男がそう言いながら入ってきた。

「……ラディ！　……なんだ……いつ戻ってきた！」

バードは嬉しそうな顔になって立ち上がると、握手を交わした。

「ついさっきな……長は、とても元気そうだ」

「まあな」

「その上、とてもご機嫌そうだ」

ラディと呼ばれた男は、高らかに笑った。バードよりも更に上にも横にも体格の良い『豪傑』という言葉が似合いそうな男だった。日に焼けた四角い骨ばった顔には、いくつか傷跡があり歴戦の猛者であることが窺える。

「そうだな……お前が無事に凱旋《がいせん》したのだから、機嫌もいいさ……報告は聞いているよ、部下達もみんな無事か？」

「ああ、元気が有り余ってるよ」

「ははは……まあ今夜はゆっくり休め、明日にでも帰還祝いの宴を開こう」

「それまで奥方には会わせてもらえないのか？」

ラディがニヤニヤと笑いながら言ったので、バードは右眉を少し上げて、フンと鼻で笑った。

「いや……お前に見せるのはもったいないから、永遠に見せるつもりはないな」

「なんだと！」

ラディは怒って大声を上げた。しかしバードはまったく気にしていない様子で、黙って立ち上がった。ラディは呆れ顔になってまた大笑いすると、バードの肩をバンバンと叩《たた》いた。

「随分美しい人のようだな……色々と聞いているぞ」

「何を聞いているんだか」

二人は歩きながら話をした。

「さっきキリクから聞いた。お前、骨抜きらしいじゃないか……夫婦仲睦まじくて、みんなが当てられっぱなしだって聞いたぞ」

「……キリクには何か褒美をやろう」

二人は廊下を歩いて、バードの私室の前まで来た。バードは一度ノックした後、ドアをゆっくり開けた。

「はい……あ、バード、もう仕事は終わったのですか？」

「いや……それがちょっと……」

「？」

リーブが不思議そうに、バードの元まで歩み寄った。

「おお！　この方が奥方か？　白き宝珠だな？」

「そうだ……ラディ……あんまり大きな声を出すな、宝珠が怯える」

ラディはリーブの前に跪くと、その手を取って口づけた。

「初めてお目にかかります。シーク国第一兵団団長のラドルカ・バスカスと申します」

「これは……はじめまして、リーブ・ヴァーリィです。第一兵団のお噂はかねがね聞いております。よろしくお願いします」

リーブはラディに向かって丁重にお辞儀をした。

「いやあ……噂にたがわずなんと美しい!! まさしく白き宝珠だ!!」

ラディは大声でそう言うと、立ち上がりガシッとリーブを抱きしめた。

「ちょ……ちょっと……」

「こらあ!! ラディ!!! 何をする!! 離せ! 馬鹿者!!!」

バードはとても慌てて、必死でリーブからラディを引き離そうとした。ラディは楽しそうに笑っていた。


「面白い方でしたね」

書斎で静かに書き物をしているバードに、リーブが果実酒のグラスを持ってきて言った。

「面白くもなんともない」

バードは憮然とした顔で答えた。リーブからラディを引き離すのに、随分かかった。一騒ぎを起こ

した後、兵を呼んでラディを自宅へ追い払った。リーブはクスクスと思い出し笑いをした。

「なんだ？」

「いえ、私もここに来てひと月になりますが、あんな貴方を見たのは初めてで……あんなにうろたえるなんて……」

「あれは……あの馬鹿力のせいで、お前が圧死するかと思ったんだ」

バードはムッとしながら言い訳をした。

「そんな大げさな……確かに苦しかったけど、私は女ではないんですよ？　前にも言いましたが、ちゃんと剣術の訓練もしているし、これでも体は鍛えてるんです。そりゃ……貴方達のような屈強なナーガ族に比べたら、か弱く見えるかもしれないけれど……なんなら、一度剣を交えてみましょうか？　貴方に勝つかもしれませんよ？」

リーブはニッコリと笑って言った。バードはフンと鼻を鳴らして、果実酒を飲んでいる。

「あ……今馬鹿にしましたね!?」

「いや、お前がやりたいというなら、いつでも剣の相手をするぞ」

「やっぱり馬鹿にしている」

リーブが不機嫌な顔をしたので、バードは笑いながら立ち上がるとリーブの髪を撫でた。

「さあ……もう寝よう。明日は、第一兵団の凱旋祝いの宴を開く……朝から準備で忙しくなるだろう」

「はい」

二人は寝室へと向かった。大きなベッドに二人で横になると、バードはリーブを抱き寄せた。約束を守ってくれるバードの真摯な態度に、リーブはすっかり信頼を寄せていた。

リーブはバードに抱かれて眠ることがとても心地よくなっていた。一人で眠るよりもずっと寝心地が良いとさえ思えるようになっていた。

ただリーブは知らなかった。そんな風に思うこと自体、以前のリーブではありえなかったということに……ずっと長い間、誰か特定の相手と、密な関係を築くことを無意識に拒んできた。聖職者仲間にも特別親しい友人はいない。大恩ある大聖官にさえも、親としての愛情を求めなかった。それは孤児であること、幼い頃の記憶がないことが原因かもしれない。

誰かと親密な関係になって、その後別れが来るかもしれないと、考えることを恐れていた。無意識にそれを拒んでいた。

だからまだ愛情はないとしても、リーブがこのようにバードに身を委ねることが、大きな進歩だということに、彼自身気づいていなかった。

翌日は、まだ日の暮れる前から宴が始まった。東方の国々を四ヶ国ほど回り、妖獣征伐の仕事を半年も行っていたという第一兵団は、シーク国にある三つの兵団の中でも、最も勇猛なのだと紹介された。

三十人ほどの兵士達の顔ぶれを見ると、確かにそんな感じがするとリーブは納得した。特に団長のラディは、なんだか大きな獣のように強そうだ。これでは妖獣が逃げ出してしまうだろう。

彼はバードにとっては武術を共に習った兄貴分のような存在だと、キリクから教えてもらった。兵士達はみんなすごい勢いで、豪快に酒を飲んでいる。『浴びている』という表現の方がピッタリな気もした。

今日はバードがとてもご機嫌で、こんなに楽しそうに酒を飲む姿は初めて見るとリーブは思った。

「昨日は失礼しました」

ラディがそう言って、リーブの側に来た。

「いいえ、私は気にしていませんから」

「オレは気にしている」

横からバードが口を挟んだ。

「こいつがこんなに嫉妬深いとはオレも知らなかったよ」

「な……っ」

バードが真っ赤になったので、ラディはゲラゲラと笑った。

「こいつは、女の扱いとか不調法だから、随分乱暴ではないですか？」

「いや、別に……それに私は男ですからそういうのはよく分かりません」

リーブは、バードの様子が面白いと思ったが、彼が怒るので笑うのを我慢しながら、澄ました顔でラディと会話を続けた。

「ああ……そうでしたな。だがここだけの話、この国のどの女よりも貴方が一番美しいですよ」

「女と一緒にするな！　宝珠に失礼だ！　宝珠は宝珠だ。それでいいんだ。オレは誰でもない宝珠を愛しているんだ」

「おお！」

ラディは、バードの言葉にニヤリと笑って、肩をバンバンと叩いている。リーブは真っ赤になって俯いた。

バードはすぐにこうして、自分の気持ちをそのまま口に出す。慣れたつもりではいたが、大勢の前で言われると恥ずかしくなってしまう。

まだ『愛』という言葉に、戸惑いを隠せないのだ。このひと月で、随分バードのことが分かったつもりだ。そして彼がどれほど真剣にリーブを愛しているかも知らされた。でもだからといってその愛には応えられそうもない。

彼の王妃として過ごしているのは、今だけのことで、バードが言っていた『その時期』が来たら、呪縛を解いて逃げるつもりでいる。星詠み達とも交流をして、なんとか呪縛の術を探り出そうとしていた。気持ちは今も変わっていない。

しかしバードと共に過ごし、彼を知るうちに、さすがに情が移ってしまっている気がした。こんなに愛してくれているのに、まったく応えないのは、とても卑怯《ひきょう》な気までしてくる。彼の優しさを利用しているみたいで、罪悪感まで感じる。

「白き宝珠様」

バードが他の者達と話をしている隙に、ラディがそっとリーブに話しかけた。とても真面目な表情だったので、リーブも真剣に聞こうと身構えた。

「貴方がバードの下に来てくれて、オレは本当に嬉しいんだ。貴方の立場は分かっているつもりだ。いきなり結婚させられたって経緯も知っている。貴方が怒っていることも……」

「バスカスさん」

リーブが慌てて言い訳をしようとしたが、それを制されてしまった。

「まあ聞いてくれ、オレは貴方に会うまで、ダメかもしれないって思っていたんだ。ダメっていうのは、つまりバードとの関係がうまくいってないだろうって意味だ。だが会ってみて安心した。貴方とバードの関係は、見れば分かる。男同士だ。夫婦と言っても無理に体を繋げなくったって、愛し合うことはできる。バードと貴方のようにね。あんなに落ち着いて幸せそうな奴を見るのは初めてなんだ。

本当にありがとう。オレは王と王妃のためならどんなことでもするつもりだ。だが王の一番の支えは王妃である貴方にしかできない。どうかバードのことを頼みます」

ラディはそういって頭を下げた。

「バスカスさん、どうか頭を上げてください。分かりました。分かりましたから」

リーブは困ったように、ラディに言った。

「なんだ？　またオレの宝珠を困らせているのか？」

それを聞いて、バードが戻ってきたので、今度はバードの方を宥め始めた。そんなリーブの様子を、ラディは微笑ましく見つめていた。

「リーブ……畑を見に行かないか？」

学者達の仕事を手伝っていたリーブの下に、バードがやってきて告げた。

「はい……行きます」

リーブは嬉しそうに、やりかけの書類の整理を放り出して、バードの下に駆け寄った。

「借りるぞ」

「どうぞどうぞ」

学者達は、顔を見合わせて、二人の様子を微笑ましく見送った。

リーブが、シーク国に来て半年。もうすっかり様々な習慣にも慣れて、最近では色々な仕事を手伝って回っており、館に仕える者達は、すっかりリーブの虜《とりこ》になっていた。

あちこちから引っ張りだこで、そんなリーブの様子をバードは良いことだと思っていた。夫婦になる前に、初めてリーブから誓わされた言葉を思い出す。

「すべてのものから自分を守って欲しい」と言ったリーブは、見知らぬ土地で、誰も味方がなく、とても心細かったのだろうと思う。だが今はみんなに慕われて、もう誰もリーブを腫れ物のように扱ったり、ちやほやと特別扱いすることなく、同じ一族として迎えている。それはとても良いことだ。

「畑に何をしにいくのですか？」

リーブがニコニコと笑いながら、バードを見上げて尋ねる。

「カガリの実の収穫があるんだ。見るのは初めてだろうと思ってな」

「カガリの実……あ……良質の油が採れる実ですね。そっか……南の作物だとは知っていましたが……そういえば、この国の一番の輸出物だと習いました。私の国でもあの油は使いますよ。呼び方が違うのですが、とても高級品です。原料の実を見るのは初めてですね」

「お前の国ではなんと呼ぶのだ？」

「実ではなくて、もう精練された油の名前ですが、マリュ油って言います。香りがとても良いので料理だけでなくて、香油の材料にしたりもします」

「ほお……」

二人は話しながら馬に乗ると、町はずれのカガリ畑へと向かった。広い面積の畑に、低木が整然と並んでいた。たくさんの民が、実の摘み取り作業を行っている。

「わあ……」

この畑は、通りすがりに何度か眺めたことはあるが、緑色の美しい木々に、オレンジ色の鮮やかな小さな実がたわわに実っている光景は、とても美しかった。

「今年は豊作なんだ。お前のおかげだ」

「私の？」

バードがそう言いながら馬を止めた。リーブもそれに続きながら不思議そうに首を傾げる。

「お前が来てくれて、オレの伴侶になってくれたからな……王と王妃が石との契約を結んだから、石の力による加護が作物をたわわに実らせるんだ」

バードの話を聞いてリーブは感心したように頷いた。そういう効果もあるのかと思ったからだ。石の予言で選ばれた王と王妃が国を治める。それによって国が豊かになるのであれば、千年近くもそのしきたりが守られ続けているのも分かる気がした。

普通であれば、王の世襲を望むものだろう。良き王の子にまた国を継がせたいと思うのが、人情のような気がするのだが、頑《かたく》なに石の予言が守られ続けるのは、それ相応の理由があるはずだ。

もしかしたら過去に、それを破ろうとした者がいたのかもしれない。そしてそれは悪い結末を迎えてしまったのだろう。

「長と宝珠様だ」

作業をしていた民達は、ワッと歓声を上げた。リーブは馬から下りると畑の中へと入っていった。

「お手伝いさせてください。摘み方を教えてくれますか？」

「はあ……それはもちろん！」

リーブに声をかけられた男は、バードの方を見た。バードは、黙って頷いた。民達は、リーブの美しさに見惚《みと》れながら、一気に士気が上がったようだ。リーブも民達に混ざって、とても楽しそうに収穫を手伝っている。バードはしばらくその様子を眺めていたが、半刻ほど経ったのでリーブを呼んだ。

「そろそろ行かないか？」

「え……もうですか？」

リーブは摘み取りのコツが分かってきて、楽しくなっていた。

「出荷の様子も見せよう」

「あ……はい！　では、皆さんがんばってくださいね」

リーブに応援されて、人々はウットリと見送った。バードに手を貸してもらい馬に乗ると、二人は畑を後にした。

「お似合いのお二人だね」

「本当に……お綺麗な方だねえ」

人々は見送りながら口々に言い合った。


次に向かった先は、港だった。大きな帆船が停泊していて、人々が乗り降りしているのが見えた。

麻袋がたくさん置かれていて、男達がそれを次々と船へ運んでいる。

「あれがカガリの実だ。買い付けにきた商船に売っているんだ」

「へえ……」

二人は馬を下りると、船の近くまで歩いていった。

「あ……長」

「どうだ？」

バードが出荷場の責任者に声をかけた。

「はい、今年も順調に売れています」

「この船はどこの国のものだ？　初めて見るようだが」

「ムスリカの船です。北西から来たそうです」

「ムスリカ……」

バードは少し険しい顔になって、もう一度船を見上げた。

「初めて取り引きする船だ。ムスリカとは正式な国交もない。我らとしてはどの国とも求められれば貿易するが、取り扱いには気をつけろ。とりあえず積み込みが終わったらすぐに港から出せ、上陸許可は出せない」

「分かりました」

バードの指示に、責任者は一礼すると、すぐに持ち場に戻っていった。

バードはそれを見送ると、リーブの姿を探した。

リーブはめずらしそうに、周辺をキョロキョロと見まわしていた。

「ごくろうさま」

働く男達に声をかけて回っている。

「リーブ……あんまりオレから離れるな」

バードがそう言いながら、リーブの側へ向かおうとした時、一人の男が近づいてきた。

「すみません。恐れながら貴方様は、バード・アグラ様ではありませんか？」

「そうだが……」

見なれない人物に、バードは少し警戒しながら男を見た。小柄な中年の男で、ニコニコと愛想笑いをしながら近づいてくる。

「死ね！」

次の瞬間いきなり男がそう叫んで、懐から短剣を数本取り出し、バードに向かって投げつけた。バードは咄嗟に身をかわして剣を抜いた。するとその男の後方から別の男が走ってくる。手に小さな爆弾を持っていた。

「バード!!」

騒動に気づき驚いたリーブが駆け寄ってきた。

「来るな！」

バードは叫んだ。しかしリーブは走りながら、早口で呪文を唱え始めていた。

二人の男は、短剣と爆弾を同時にバードへと投げつけた。リーブの詠唱が終わるのと同時に、差し出した両手から光が放たれ、バードの目の前に光の結界が張られた。

投げられた爆弾は結界の前で爆発したが、バードは何の影響も受けなかった。短剣は爆発に巻き込まれて消えてしまったらしい。

「チッ……術者がいるのか」

二人の男はリーブの方に視線を向けた。リーブは休む間もなく次の呪文を唱え始めていた。閃光《せんこう》が地を走り、大きな衝撃と共に男達を吹き飛ばした。

「うわあ!!」

男達の体は宙を舞って地面に激しく叩きつけられた。そこへ駆けつけた兵士達が、剣を抜いて襲いかかった。

「待て!」

バードが大きな声を上げてそれを制した。

「殺すな……捕らえて尋問するんだ。どこの国の誰からの命令を受けて来たのか聞き出せ」

「はっ!」

「ムスリカの船を留めておけ、船長達から事情を聞くのだ。あの男達の正体が分かるまでは、船を出港させるな」

「はい」

バードは兵士達に指示を出した。屈強なシークの兵士達は、あっという間に男達を縛り上げると、どこかへ連行していった。

「後は任せた」

「バード!! 大丈夫ですか!」

リーブがバードの下に駆け寄ってきた。

「すまん……お前のおかげで助かった」

バードはリーブに向かって笑みを浮かべながらそう言った。リーブは心配そうにしている。

「館に戻ろう」


二人が館に戻ってしばらくした頃、バードの元に報告書が届いた。それを読みながら、バードは小さく溜息を吐いた。

「分かった……船はすぐに出航させろ……あの二人も船に放り込んどけ。船が沖に出るまで、第二兵団の船に監視させるのを忘れるな」

「承知しました」

報告書を持ってきたキリクは、一礼をして去っていった。

「何か分かったんですか？」

「まあ……逆恨みのようなものだ……昔から我々一族は恨みを買いやすいんだ」

「なぜです？　逆恨みとはどういうことですか？」

「戦闘部族は我々だけではない……同じ生業の者同士は互いをライバル視して、邪魔をし合うものだ。さっきの二人はムスリカ国の一部の種族で、我々と同じように昔から戦うことを生業にしていたソルフ族だ……険しい山岳地帯に住む山の民だ……我々と違って、彼らの持つ土地は何も生産できない痩《や》せた土地だ。だから収入源は戦闘のみ……彼らも我々と同じように、妖獣討伐の仕事をしているんだ。去年まで何度かムスリカ国がある北西の大陸にも、我が国の第一兵団を送ったことがあるから、縄張りを荒らされて恨みを買ったのだろう……あの船自体は無関係らしい……お互い様と言うことで、これ以上の制裁は加えない」

「そうでしたか……」

国同士の色々と難しい部分を知った気がして、リーブは少し考え込んだ。セリウス紀になってから、国々の争いはなくなったとはいえ、人間同士が生きていく上で、宗教とか慣習とかによる様々な問題は常に起きているのだ。人は簡単には変われない。

どんな人間でも心の中には善と悪があるのは仕方がない、だからこそ人間なのだ。ナーガ族が良い例ではないか。豊かな地に根を下ろしても尚《なお》、戦いを止められないでいる。バードが長であることの宿命は、こんなにも重いものだったのだ。

「今までも……命を狙われたことがあるのですか？」

バードはあえて答えなかった。ただ黙って薄く微笑むだけだ。リーブは、ナーガ族における『石』の存在の意味を思い出した。すでにバードの次の長は、予言によって選ばれているらしい。まだ生まれて間もない赤子だが……。

それだけ生きて行くのが厳しいということなのだろう。リーブは少し落ち込んで、テラスに出ると外の景色を眺めながら、ぼんやりと考え事をした。

バードは事件の後始末の確認に出掛け、夜になってようやく帰ってきた。

「リーブ……食事はしたのか？」

「あ……いえ……なんだか食欲がなくて……すみません」

「今日は色々あったからな……ほら、お土産《みやげ》だ」

バードは小さな布袋を差し出した。リーブは受け取ると中を覗き込んだ。そこには小さな赤い実がたくさん入っていた。

「なんですか？」

「今日見に行ったカガリの実だ……輸出用は油にするからオレンジ色のうちに摘み取るが、ここまで赤く熟させると生のまま食べることができるんだ。少し甘ずっぱくてなかなか美味しいぞ」

「へえ……」

言われてリーブはひとつ摘《つま》むと、口の中へ放り込んだ。

「あ……本当だ……美味しい！　それに香りがいい……」

リーブが嬉しそうに笑ったので、バードは少し安堵したような顔をした。リーブが落ち込んでいたのが気になっていたのだ。二人は絨毯の上に座ると、一緒にカガリの実を食べた。バードはリーブを優しい眼差しで見つめていた。

「あ……すみません……一人で食べてしまって」

「いや……オレはもういい。全部お前が食べろ」

「じゃあ……遠慮なく……」

リーブはいたく気に入ってパクパクと口に放り込んだ。

「今日……船を見て、国に帰りたくならなかったか？」

「え？」

「帰りたいだろ……随分元気がなかったからな……」

「あ……それは……」

リーブが少し赤くなって言い訳をしようとしたが、バードが話を続けた。

「ひとつだけ……お前が国に帰れる方法があるんだ」

「え……」

リーブは驚いてバードの顔を見た。バードはとても真剣な顔でリーブを見つめていた。しばらく二人は黙ったまま見つめ合っていた。それはリーブにはとても長い時間のように思えた。

「これは……長と星詠みしか知らされないことだ……よく聞いて欲しい」

「……そんな……大事なことを私に話してもいいのですか？」

バードは頷いた。

「妻にかけられた石との絆は……その妻の伴侶である長が死に、新しい長が継承の儀式をした時に解かれる……妻にかけられる呪縛は、あくまでも長の伴侶にのみ……別の長に継承されれば、前長の妻への呪縛は無効となる……つまり……オレが死ねば、お前は国に帰れるんだ」

その言葉を聞いたリーブは、ショックのあまり言葉を失っていた。

「今日のことで分かったと思うが、オレはよく命を狙われている。だからいつ死ぬか分からないが、長生きはしないと思う……だが、誰かがオレを殺すよりも……お前がオレを殺すのなら……」

「やめてください!!」

リーブは思わず大声で叫んだ。リーブの大きな声を聞くのは初めてだったので、バードはとても驚いた。

「なんてことを言うのですか！　私に貴方を殺せと？　私はそんなことまでして国に帰るつもりはありません……それに……私が落ち込んでいたのは国に帰りたくなったからではありません！　貴方が……貴方が殺されるかもしれないと……命を狙われていると知ったから……だから……貴方に死んで欲しくないんです！」

「リーブ……」

バードは驚いたように、言葉もなくリーブを見つめていた。リーブはとても怒っていたが、今にも泣いてしまいそうに見えた。

「前にも話したではありませんか……そんなことをしなくても、私には呪縛を解くだけの力があるのです。ただ……星詠み達がどのような術を使ったのかが分からないから解かないだけです……貴方が言っていたその時期が来たら、呪縛を解くつもりですが……それは何も貴方の命を取るという方法ではありません……そんな……そんなこと、冗談でも言わないでください」

バードは思わずリーブの腕を引いて抱き寄せていた。

「すまない……そうだな。お前は優しい……人を殺せるはずなどないのだった」

バードが優しい声でそう囁き、抱きしめているリーブの背中を撫でた。リーブはバードの胸に顔を埋《うず》めながら、宥められて昂《たかぶ》っていた気持ちが次第に収まっていった。

リーブが顔を上げたので、バードと目が合った。バードはリーブに触れるような口づけをした。怒るかと思ったが、リーブは何も言わない。一度顔を離して、リーブを見つめると、リーブは大人しく目を閉じていた。一瞬の躊躇の後、再び口づけをした。今度は先程よりも、しっかりと唇を重ねた。リーブの柔らかな唇の感触が伝わり、心臓が激しく鼓動する。

バードは再び顔を離してリーブを見つめた。するとリーブも目を開けて、バードを見つめ返した。リーブの頬がほんのりと赤く色づいている。

「リーブ」

バードが熱のこもった眼差しで見つめながら名前を呼ぶと、リーブはハッとしたように我に返り、みるみる耳まで赤くなり、バードの腕の中から慌てて逃れた。

リーブが小走りに窓辺まで逃れて、バードに背を向けたので、バードは困ったように頭を掻いた。

「お、怒ったのか？」

「や、約束を破りましたね」

リーブがとても動揺したように、背を向けたまま答えた。バードは何も答えられずにいる。

「そんなに……貴方はそんなに私と口づけをしたいのですか？」

リーブの問いかけに、バードは一瞬答えに迷って言葉を失った。リーブがどんな顔で、その質問をしているのか分からなかったからだ。どう答えれば、リーブの怒りを収められるのか分からない。

「それは……まあ、そうだな」

バードが答えに困っていると、リーブが少しだけ振り返り、チラリとバードを見た。リーブはこれ以上はないほど赤面している。

「なぜ……ですか？」

「なぜ？」

バードは複雑そうな表情で首を傾げると、腕組みをした。

「それは……難しい質問だ」

「だって、口づけとは、恋人同士や夫婦がするものでしょう？　性的な意味があるものでしょう？　も、もちろん子供や動物などに愛情を示すための口づけもありますが……貴方のそれは……性的な意味の方でしょう？」

リーブはまたバードに背を向けて、自分の質問の意味を説明するように語った。それを聞いてバードは、腕組みをしたまま「う～ん」と唸る。

「オレ達は夫婦なのだから、そういう意味の口づけをするのは別におかしなことじゃないだろう？」

「そ、それはそうですけど……私達は男同士なのだし……本当の夫婦ではないのですから、おかしいではないですか？」

バードはその言葉に対して何も答えなかった。バードの返事がないので、リーブは恐る恐る振り返り、再びバードをチラ見する。バードは腕組みをして、目を閉じたまま考え込んでいた。

あまりにも真剣に考え込んでいるので、リーブは戸惑いながら、バードと向き合った。

「お前はそうかもしれないが……オレはそうじゃないからなぁ」

「え？　それはどういうことですか？」

バードはゆっくりと目を開けて、真っ直ぐにリーブを見つめたので、リーブはまた少し赤くなった。

「お前にとっては仮初めの関係かもしれないが、オレは本当の夫婦のつもりでいる。オレはお前を愛しているし、愛する妻に口づけたいと思うのは当たり前のことだと思っている」

　真剣にそう答えるのを聞いて、リーブはうろたえるように目をうろうろとさせている。

「でも私は男ですよ？　もちろん貴方がずっと前から夢で会っていた宝珠に想いを寄せていたから、貴方が自分の伴侶を愛しているという話は聞きましたけど、でも男とは思っていなかったでしょう？　貴方は白き宝珠を女性と思っていたはずです。それでも私に会って、男だと分かってもそういう気持ちを持ち続けられるものですか？　同性愛者でもないのに、男相手にそんなに簡単に、性的な気持ちを持てるものですか？　貴方は自分でそう思い込んでいるだけではないのですか？　おかしいです。そんなのおかしいですよ」

　一生懸命に語るリーブの言葉を、バードは腕組みをしたまま首を傾げて聞いていた。

「ご、ごめんなさい……なんか一人で取り乱してしまって……ちょっと……書庫で頭を冷やしてきます」

　リーブはペコリと頭を下げると、足早に部屋を出ていってしまった。

　バードはまだ当惑した様子で腕組みをしていた。


「分からん」

「何が分からないのですか？」

執務室で、椅子にふんぞり返るように座って、バードがポツリと呟いたので、近くで書簡を書いていたキリクが顔を上げて尋ねた。

先程から、机の上に山積みになっている書簡には一切手も触れず、腕組みをしたまま考え事をしているバードを、キリクは多少気にはしていたが、バードから何かを言われない限りは、あえて触れないようにしていた。

声に出したということは、キリクに何か反応を求めている証拠だ。長年仕えてきたキリクは、バードの心の機微には聡《さと》かった。

「なんでリーブは、オレの愛を疑うのだと思う？」

バードが腕組みをしてふんぞり返ったまま尋ねたので、キリクは少し首を傾げた。

「疑われておいでなのですか？」

「オレがどんなに愛していると言っても『分からない』と言うのだ。『おかしい』と言うのだ。知り合ったばかりで、それも男同士なのに、愛しているというのはおかしいそうだ。そんなにおかしいか？」

問われてキリクは答えに困り、複雑そうな表情で、しばらく黙り込んでしまった。

「なんだその顔は」

バードが、キリクの態度に不満そうな声を上げた。キリクは頭を掻いて苦笑する。

「まあ……リーブ様のおっしゃることは、分からないこともないのですが……バード様がずっと白き宝珠様を思い続けていたことは知っていますし……なんと言っていいか難しいですね」

「なんだ？　お前、リーブの言っていることが分かるのか？」

バードは少し驚いたように、前のめりになって尋ねた。その反応に、キリクは更に苦笑する。

「バード様は純粋ですからね……初見の印象とは真逆ですから、そんなバード様のことは理解してもらえないかもしれませんね」

「おい！　なんだそれは！　今はリーブの言っていることが分かるのか？　と聞いているんだ。オレのことが分かるかって話じゃない。それは悪口か？」

バードが怒り始めたので、キリクは慌てて宥めた。

「悪口じゃありませんよ！　褒めているんです。私はバード様ほど純粋な方を他に知りません。純粋過ぎて時々心配になるほどです。でもバード様のような方は、あまりいませんから、普通は理解できないと思います。『まさか』と思うわけです。だってバード様は、自信家だし、気性も荒い方だし、何より国王ですからね。そんな大の男が、子供のように純粋な心を持っているなんて、普通は思いませんよ」

キリクの言葉を、バードは眉間にしわを寄せて、不服そうに聞いていた。

「やっぱり悪口じゃないか」

「だから悪口じゃありませんってば」

キリクは首を竦《すく》めて言った。

「私がバード様の立場だったら、リーブ様を伴侶として愛せるかどうか分かりません。リーブ様の言う通り、男同士で愛せるかなんて分かりませんよ……でも、バード様はそんなこと、別にどうでもいいって思っているんでしょ？　性別なんてどっちでもいいって。大事なのは、リーブ様が本物の『白き宝珠』かどうかだけ……そして石がリーブ様を認めて、ずっと思い焦がれていた本物の白き宝珠だと分かったら、ただ愛するだけなのでしょ？」

「そうだ！　それだ！　お前、よく分かっているじゃないか！　さすがだな」

バードはキリクを指差しながら嬉しそうに何度も頷いた。

「でもそれって、本当にリーブ様を愛していらっしゃるんですか？」

キリクが首を傾げて尋ねたので、バードも同じように首を傾げた。

「どういう意味だ？」

「ですから……バード様は恋い焦がれた白き宝珠様を愛しているのであって、リーブ様を愛しているとは言えないのではないですか？　もしかしたらリーブ様がおっしゃっているのはそういうことなのかもしれません」

「なんだそれは？　全然意味が分からない」

バードは身を乗り出しながら、眉間に深くしわを寄せた。

キリクは溜息を吐く。

「だって今お認めになったじゃないですか……性別とかそういうのはどうだっていい、本物の白き宝珠かどうかが大事だって……それってリーブ様が白き宝珠だから愛してるって聞こえますよ……つまりリーブ様が白き宝珠ではなかったら愛していなかったし、白き宝珠は他の誰でも良かったってことですよね？」

「そうだ！　え？　いや……いや……」

バードは自信満々で即答したが、すぐに眉間を寄せて腕組みをしながら、何度も首を傾げて考え込んだ。

「違うんだ……ん……いや……そうなんだが……う〜ん」

何度も自問自答している。その様子を眺めながら、キリクは微笑んだ。

「バード様、よくよくお考えになってください。ご自身でそのことを解決なさったら、たぶんリーブ様のお気持ちも分かるし、仲直りもできますすよ」

バードはずっとうんうん唸りながら考えた。

キリクは、それを無視するように仕事を続けている。

どれくらいの時間が経ったか、ふいにバードがぽつりと呟いた。

「そもそも愛ってなんだ？」

「え!?　そこからですか？」

キリクは思わず吹き出しそうになった。

「ものすごく好きってことじゃないのか？」

バードはとても真面目に言っている。キリクは溜息を吐いた。

三十歳のいい大人が、何を真顔で言っているのだと呆れてしまう。だがそういうところも、バードの純粋さだと思った。

「そうですけど、違いますよ」

キリクは仕事を続けながら答えた。

「どういう意味だ」

「それだけではないってことですよ」

「なんだ……哲学か？」

「そうですね……そんな風に言う者もいますよね……正直なところ正解は私も知りません。そもそも人によって違いますし……特別に好きって気持ちが愛と言う者もいれば、命をかけるほどの想いが愛だと言う者もいます。どちらも正しいと思いますよ。バード様のリーブ様への愛はどれくらいですか？」

「命をかけるほどだ。オレはリーブのためなら死んでもかまわないと思っている」

「それは『宝珠』のためですか？　『リーブ』のためですか？」

「それは……」

バードは「同じことだろう」と言いかけたが、その言葉を飲み込んだ。違うことだと悟ったからだ。

そしてそのまままた考え込んだ。

そんなバードの気持ちの変化に気づいて、キリクは内心ほくそ笑んだ。

「リーブ様の好きなところはどこですか？　美人なところですか？」

「もちろんだ。あんな美人は見たことがない。誰だって一目惚《ぼ》れするだろう」

バードが力強く答える。

「じゃあ性格は？　優しくて、心遣いが細やかで、とても素敵なお方だと思いますが……」

「ああ、気が強いところも良い……頭も良いし、健康的なところも良い」

「健康的というのは性格とは違うのではありませんか？」

「心の話だ。心が病んでいない。とても前向きな性格だ。聖職者のせいもあるかもしれないが……」

「褒めてばかりですね」

キリクがからかうように言うと、バードはとぼけたような表情をした。

「まあ愛しているからな。ああ、だが欠点もある。頑固だ。変に融通の利かないところがある」

それを聞いてキリクはクスクスと笑った。

「バード様はリーブ様をよく見ておいでですね……ならばもう答えは出ているのではないのですか？」

「答え？」

バードが聞き返したが、キリクはもう何も答えずに仕事を続けた。バードは溜息を吐くと、また考え込んだ。


リーブは書庫の中でずっと考え事をしていた。本を手に持っているが読んではいない。ただ宙を見つめてぼんやりと考えている。

ここの暮らしは、とても居心地がいい。こんなに居心地がいいと思ったのは、生まれて初めてかもしれない。ニーヴェリシアの教会の中では、こんな気持ちになったことは一度もなかった。

みんなリーブに優しかったし、多少妬まれることもあったが、特にいじめにあったこともなかった。だが居心地は悪かった。それをどう表現したらいいのか分からない。ただあの場所が、リーブの『家』ではないからだろう。

たくさんの人々に囲まれて暮らしていても、いつも孤独感や心細さを感じていた。身の置き所のない不安も感じていた。

リーブが旅に出たのはそのせいもある。自分の出自が知りたくて、故郷を探す旅をしていた。でも今思い返すと、本当に故郷を探していたのかは定かではない。

そもそも何一つ手掛かりがないのだ。だから当てもなく旅をしていた。記憶を取り戻したいとは思っている。自分の親についてや、故郷を知りたいというのは嘘ではない。

でもそれはただの言い訳だったようにも思えた。ニーヴェリシアの教会で、特別な存在として崇《あが》められることに不安があった。記憶もなく、出自も分からない自分が、なぜ生まれつき強大な魔力を持っているのか……不安以外のなにものでもないだろう。

とても大聖官などにはなれないと思った。むしろなぜ周りがそれを許しているのかも分からない。皆は怖くないのだろうか？　得体の知れない強大な力を持つ魔術師が……。

リーブ自身が怖くなって旅に出たのだ。

しかし今は、思いがけずこんな事態に巻き込まれているというのに、なぜか焦りも不安もない。

もちろん最初は驚いて、戸惑って、逃げ出すことばかり考えていたが、すぐにこの地に溶け込んでしまった。

石の持つ不思議な魔力で護られたこの地の特性なのだろうか？

この国の温かい人々のせいなのだろうか？

それともバードのせいなのだろうか？

居心地がいい。逃げ出すどころか、旅に出なければという焦りや不安も忘れてしまっている。

もしかして、ここが探し求めていた故郷なのではないかと思うほど……。

さっき、バードに口づけられて我に返るまで、このまま王妃としてこの国で暮らしてもいいなとさえ思い始めていた。

でも口づけられて、現実を思い出した。王妃とは、王の妃……妻、伴侶だ。そしてバードは、リーブに対して、妻としての愛を求めている。それは性的なものだ。

なぜ彼が、同性愛者でもないのに、男であるリーブに対して欲情するのか分からないが、今までリーブとの約束を守ってくれていただけで、興味がなくなったわけでは決してなかったのだ。

そしてリーブ自身も、先程の口づけに嫌悪感を抱かなかった。それが一番の問題なのだ。

「男同士なのに」

リーブは少し眉間にしわを寄せて怪訝そうに呟いた。

別に同性愛を批判しているわけではない。もちろんそれは自分に向けた忠告の言葉だ。

イリアス教の聖職者は、婚姻を禁じられている。だが決して厳しい禁欲を強いられているわけではない。もしも恋愛をしてしまった場合、結婚したければ司教を辞めなければいけないというだけだ。

恋人を取るか聖職を取るかを選ぶだけだ。信仰を失うわけではないから、司教を辞めて、結婚して、一般の信者としてイリアス教を信仰すればよいだけの話だ。

だからリーブも、王妃としてこのままこの国で暮らすならば、王にルーの称号を返上し、司教を辞めればいいだけなのだ。

でもそれでは恩ある大聖官に仇《あだ》で返すことになる。そしてリーブは、それほどまでにバードを愛しているというわけではない。ただ王妃のまま暮らしてもいいよという軽い気持ちなだけだ。

そのはずなのに……口づけが嫌じゃなくなっているなんて、どういうことなんだよと自分に文句を言いたくなる。

あの時、もうちょっとであのまま流されて口づけ以上のことまでされかねなかったなと考えて、思わず血が下がる思いがした。

バードはリーブにとても優しい。粗野で愚かな男という最悪の第一印象とは違い、自信家で不遜な部分はあるが、明るくてとても優しくて繊細だ。

人を惹《ひ》きつける不思議な魅力があり、驚くほど家臣に慕われている。国民からも人気がある。

王として敬うのは当然だが、それだけではなく皆が彼のことを大好きだった。

彼が道を歩けば、皆が挨拶をする。その顔は笑顔だ。

リーブは世界中を旅してきたが、こんなに民に慕われる王を見たことがない。

そんなバードに、いつしかリーブも惹かれていたようだ。

「優しくされたから？」

リーブは眉根を寄せながら、自分に対して文句を言うように自問自答する。

「優しくされたぐらいで好きになるとか、子供じゃないんだからさ……大体、それは愛じゃないでしょう？　リーブ、君は優しくしてくれた人と口づけができるっていうのかい？　男性に？」

リーブはぶつぶつ言っては首を竦めた。

「確かにバードは見た目も良いよ？　とてもハンサムだ。体格も良いし、男らしい。同じ男として羨《うらや》ましいくらいだ。だけど別に男らしさに惚れることはないでしょう？　だって私は別に男好きなわけじゃないんだ。惚れることはないけど……彼がいつも私のことを、とても熱のある眼差しで見つめるから、ほだされるというか、変に意識してしまうんだよね……」

リーブは溜息を吐いた。

「毎日毎日、あんな目で見つめられて、特別に優しくされて、時々真顔で愛しているなんて言われて、寝る時は抱きしめられて……そんな風に半年も一緒に暮らしたら、男だろうが女だろうが、誰だって好きになっちゃうよね？　え!?　好き？　いやいやいや……まあ……嫌いじゃないけど……好きってだけで、この好きはそういう意味じゃなくて……あ～、もう一人で馬鹿みたいだ」

リーブはとうとう真っ赤になって、頭を抱え込んだ。自分に呆れた。

やがて大きな溜息を吐いた。

「もっとも彼が惚れているのは『白き宝珠』なんだから……」

たまたま彼が夢見ていた『白き宝珠』と、リーブが似ていたというだけだ。彼は『白き宝珠』を愛している。命をかけるほどに……そう思うと、胸が痛くなる。

しばらくして書庫の扉が叩かれた。リーブが返事をすると、扉が開いてバードが現れた。バードはニッと笑って頬を掻いた。

「リーブ、仲直りをしないか？」

唐突にそう言われて、リーブは目を丸くした。

「その……さっきは悪かった。お前との約束を破り二度も口づけをしてしまった。ちょっと……調子に乗ってしまったんだ。許してくれないか？」

「バード……」

リーブはギュッと胸が締め付けられるような苦しさを覚えた。胸を押さえてその感覚に戸惑う。

「もうしないから……あ、いや……絶対とは言えないな。だができる限りしないように努力する。お前の嫌がることはしたくない。そう思っていることは本当だ。だがお前はとても魅力的で、オレも無意識に……というか……なんというか、お前を抱きしめると、頭の中が真っ白になって、欲望を抑えられないというか……そのつまりわざとではないんだ！　それは信じて欲しい」

「バ、バード……とりあえず扉を閉めてください。誰かに聞かれたら恥ずかしいではありませんか！」

リーブが赤くなり慌ててそう言ったので、バードは扉を閉めて苦笑した。

「す、すまん。こういうところがダメなんだろうな。分かっている。オレはその……こういうことに疎いんだ。人前で抱きしめたり、口づけしたり、愛していると言ったり……お前が恥ずかしがることばかりしてしまう。お前が嫌がることはしたくないと言いながら、オレはお前が何を嫌がるのか、実のところ分かっていないんだ。ただ本当に本当に悪いと思っている。そのことは信じて欲しい」

リーブはバードの話を聞きながら、何度も胸が締め付けられる思いがしていた。バードは本当に純粋なのだと思う。彼のリーブへの気持ちに嘘偽りはない。常に真剣で真っ直ぐだ。

だが彼の乱暴な言動や、横柄な態度が誤解を招いてしまうのだろう。そして彼自身もそれを分かっていて、リーブのために改めようと努力してくれている。

きっと今までこんな風に、誰かに媚《こ》びへつらう事なんてしたことないだろう。彼の性格からすれば、言い訳などすることは嫌いなはずだ。たとえ相手に誤解されて、嫌われてしまうことがあっても、それはそれで仕方ないと開き直ってきたはずだ。

そんな彼が、リーブに対して、怒らせないように、嫌われないように、一生懸命努力している。こんな風に喧嘩しても、いつも先に謝るのはバードだ。

そんな彼の姿に、胸が痛くなる。ほだされる。

「バード……ではまたひとつ約束をしてください。さっきのようなことは二度と言わないと……オレが死んだらなど……命を大切にしてください。貴方を殺してまで、私は逃げたいなどとは思っていません」

「ああ、分かっている。すまなかった。その……別の方法でオレも協力するよ。魔術のことはてんで分からないのだが、星詠みがどんな術でお前に呪縛をかけたのかが分かればいいのだろう？　星詠みについては、長であるオレでも、詳しいことが分からないんだ。だができる限りのことは……」

「バード」

リーブは立ち上がると、バードの目の前まで歩み寄った。真っ直ぐに見つめられて、バードは話を止めた。リーブの美しさに見惚れたように、少し頬を染めている。

「バード、正直に話してくれる貴方に倣って、私も正直に話します。実のところ、最近私は、このまま王妃としてこの国で暮らし続けても良いと思い始めていました。この国はとても居心地が良くて、いつまでもここで暮らしたいとさえ思います。王妃としての勉強も楽しいし、この国の皆さんが私を必要としてくださるのも嬉しいです。この国の王位継承についても分かったし……つまり王妃が女性でなくても問題がないということも理解できました。世継ぎの必要がないから、王の伴侶は絶対女性でなければならないというわけではないんですものね」

リーブがニッコリと笑ったので、バードは呆けたような顔で、何度も頷いた。

「でも貴方は違う」

「え？」

急にそう言われて、どういうことかと少し焦った顔で、バードがリーブを見つめた。リーブは少し視線を逸らした。

「貴方は私に本当の王妃としての……妻としての役割を求めています。つまり……性的な交わりのことです。貴方は私を愛していると言う。愛しているから、そういう欲求があると……」

「そ、それはその……」

真っ赤になって慌てて言い訳をしようとするバードの口を、リーブは右手の先でそっと押さえて黙らせた。

「私は貴方の気持ちを今まで真剣には考えていませんでした。ただ自分のことしか……この国が気に入って、王妃として皆からもてはやされることに浮かれて、貴方の好意を知りながら、貴方の優しさに甘えていました。王妃としてこのままこの国で暮らしたい。でも貴方との関係は、普通に男同士の友人として……王と王妃という関係は仕事仲間として、良き相棒として、一緒にこの国を治めていけたらと……それは本当に自分に都合の良いことばかりだと思います。でも私はまだ貴方の気持ちに応えられそうにないというのが、正直な今の気持ちです。貴方のことは好きです。でも恋愛関係は……」

「それでもいい」

バードが、口を押さえていたリーブの手を強く握り締めてとても真剣な眼差しでそう言った。

「お前がそう思ってくれるだけで嬉しい。この国の王妃として、ずっとこの国に残ってくれるというのならば……それがお前の真意ならば、オレは喜んでお前を迎え入れる。オレの妻にならなくてもいい。友人でもいい。オレの側にいてくれ……これからもずっと……一生、オレの側にいてくれ」

リーブの心臓が跳ね上がった。まるでプロポーズのようだと思った。顔が熱くて、思わず俯いた。

「本当にいいのですか？　口づけも、それ以上の行為もダメですよ？」

「ああ、かまわない。お前が一生、オレの側にいてくれるというのならば、それくらい我慢できる」

バードは力強く頷いて言った。

だがリーブはとても動揺していた。ひどく心が揺れる。胸が痛い。なぜこんなに鼓動が速まるのか、顔が熱いのか、自分でも分からずに戸惑った。

「リーブ？　どうかしたのか？」

ずっと俯いたままのリーブに、バードが不思議そうに声をかけた。

「あ、いえ、なんでもありません。あの……ありがとうございます」

「ん？」

「私の自分勝手な申し出を……受け入れてくださって……」

「何を言う……お前が王妃として側にいてくれるというのだ……どこが自分勝手だというのだ？　こんなに嬉しいことはない。だが本当にいいのか？　お前は聖職者なのだろう？　ニーヴェリシアには戻らずともいいのか？」

「それは……どうするか……追い追い考えます。司教の職は辞めればいいだけですから……ただ辞め方については、手紙を送れば良いというだけでもないかもしれません。解決方法は探ります」

「すまない」

「え？」

急に深刻な様子で、バードが謝罪の言葉を漏らしたので、リーブは驚いて顔を上げた。声音と同じく、その表情は少し硬かった。

「すまない……オレの方こそ自分勝手だったと思う。お前の思いがけない言葉に、少しばかり浮かれてしまっていた。お前にも立場があり、暮らしがあった。それをオレ達が奪ってしまった。我が国のことしか考えていなかったことを、心から謝罪したいとは思っていたんだ。だからお前が逃げ出したいなら、止められないと思ったし、呪縛を解く方法が見つからないなら、オレの命で償おうと思った。それともうひとつ、きちんとお前に話をしておきたくてここに来たことを、うっかり忘れていた」

「え？」

バードがあらたまってそんな話を始めたので、リーブは首を傾げた。仲直りしようと言って、バードがここに来たのは、先程の謝罪と弁明だけなのかと思っていた。他にも話があるというのは、何なのだろうと不思議に思ったのだ。

「オレはついつい感情的になって、後先を考えずに思ったことを口にしてしまうことがよくある。言ってしまう言葉に嘘はないつもりだ。自分で頭の中の整理もつかぬまま、頭に浮かんだことを言ってしまうから、誤解を招くことも多い。それでよくキリクに叱られる」

バードはそう言って苦笑した。

「実のところは自分でも、理解していないことも多いんだ。それで後々よく考えて、頭の中の整理がついたら、確かに言った言葉には偽りはなく、オレの考えの真実を言ってはいるのだが、あまりにも言葉足らずだったということが多い……お前に言った言葉もそうだ。お前に怒られて、お前が何を怒っているかも分からなくて……あれからゆっくりと考えて分かったから、それをちゃんとお前に話したかったんだ。さっきの謝罪は別だぞ？　謝罪は謝罪だ。約束を破って、お前を傷つけて、怒らせてしまったことは悪いと思うから謝罪した。それはそれとして……オレがお前のことを『愛している』ということに、お前が『分からない』『おかしい』と言っていることについて、ちゃんと説明をしたいんだ。聞いてくれるか？」

「は、はい……」

リーブは戸惑いつつも頷いて、バードに椅子を勧めた。リーブも向かいに座ると、真剣に聞かなければいけないのだなと思って、背筋を伸ばして真顔で聞く体勢を整えた。

するとバードもひとつ咳払《せきばら》いをして、深呼吸をした。

「オレはお前を愛している。これは本当の気持ちだ。嘘ではない。確かに最初は、ずっと待っていたオレの伴侶である白き宝珠だからという理由で、愛していると言った。それは前にも話したように、何度も夢に見ていたし、オレ自身は初めて会った気がしていなかったからだ。もしかしたら、自分自身にそうだと思い込ませていた部分もあったかもしれない。オレは王になって、本当の家族と引き離された。オレの家族はシークの民全員だ。シークの王とはそうあるべきだと……だから伴侶こそが唯一のオレの身内……オレが王以外の自分自身になった時に、すべてを曝《さら》け出せる本当の家族だ。ずっと欲していた。白き宝珠が現れるまで、オレは一人だった。だから……本当に嬉しかったんだ」

バードの話を聞きながら、またさっきまでの胸の高鳴りがよみがえってきた。彼の語る『白き宝珠』への想いが、自分に向けられているものという喜びを感じていた。それは不思議な感覚だった。

つい最近までは、どうしても『白き宝珠』という名で呼ばれるのが嫌だった。自分のことではないような気がしていたからだ。だからバードが『リーブ』と呼ばずに、『宝珠』と呼ぶのが嫌だった。

そう思った時、はっと気がついた。バードは『リーブ』と呼んでいる。いつからだろう？　以前は『宝珠』と呼んでいたはずだ。いつから『リーブ』と名前で呼んでくれるようになったのだろう？　普段二人で話す時、バードはリーブに向かって「お前」というから気づかなかった。

あまりにも自然で気づかなかった。

「だがお前と一緒に過ごすうちに、オレはお前自身に惹かれていった。リーブ、信じてもらえないかもしれないが、今のオレは、白き宝珠ではなくリーブを愛しているんだ。お前が好きだ。お前を愛している。だからお前のためなら命を落としてもいいし、殺してくれてもかまわないと思った。口づけたいのも、抱きしめたいのも、お前だからだ。お前が白き宝珠でなかったとしても、きっとお前を愛していた。一目惚れなんだ。だからおかしいことなんてひとつもない。男だからとか、お前のことを知らないからとか、そんなことは関係ない。オレは一目でお前に恋したんだ。愛しているという言葉は、自然に口から出ていた。オレの本心だからだ。それを言いたかった。これだけはお前に誤解して欲しくない。信じられないと言われてもかまわない。誰が何と言おうと、オレのこの気持ちは変えられない。愛している。リーブ、お前を愛している」

人が恋に落ちる瞬間なんて見たことがない。でもたくさんの恋人達や夫婦を見てきた。愛し合う者達を見てきた。みんなそれぞれ、どこかで恋に落ちたのだろう。それはまるで、お伽噺《とぎばなし》みたいに、自分自身には無関係の存在だった。

それなのに今、リーブは自分が恋に落ちる瞬間を見てしまったと、心の中のもう一人の自分が呟いた。こんな真摯な愛の言葉を貰って、恋に落ちない人などいるのだろうか？

「バード……」

「すまん！　分かっている！　せっかくここに来たのだから、言っておきたかっただけだ。オレの我《わ》が儘《まま》だ。許してくれ。でもおかげですっきりした。オレは言いたかったことが言えたし……お前は不本意かもしれないが、聞くだけなんだから許してくれ。そしてもう忘れてくれ。何よりお前が王妃としてオレの側にいてくれると言ってくれたんだ。これ以上に嬉しいことなどない。もう何も望まない。ありがとうリーブ」

バードがそう言って、少し赤い顔で照れたように笑いながら頭を掻いているのを、リーブはぼんやりと見つめていた。体中の血が沸騰しているみたいに、体が熱くて、顔が熱くて、たぶん今鏡を見たらすべてが真っ赤に染まっているだろう自分を、ぼんやりとする頭の中で思い描きながら、リーブは上ずる声をひとつ発した。

「それでいいのですか？」

リーブの言葉に、バードはきょとんとした顔でリーブを見つめる。リーブは耳まで赤く染まっていた。なぜそんなに真っ赤になっているのかと聞こうとしたが、リーブが更に言葉を続けた。

「本当に……本当にそれでいいんですか？　私に口づけたいんでしょう？　抱きしめたいんでしょう？　一生……一生側にいるだけでいいんですか？　そんなに長く我慢できるんですか？」

「リーブ……どうしたんだ？　何を言っているんだ？」

「わ、私に欲情するのでしょう？　今までだって何度も約束を破って、私に口づけしていたのに、我慢なんてできるわけないでしょう？」

むきになって言うリーブに、怒っているのかと勘違いしたバードが、慌てて宥めようとした。

「すまない。今までのことは謝るし、もちろん……これからだって、絶対我慢できるとは約束できない。自慢ではないが、オレはそこまで我慢強くない。第一お前を愛しているんだ。側にいたら、口づけしたくなるだろう。だが……だが我慢するから……がんばるから……」

「……できない約束なら最初からしなければいいのです！　私を愛しているくせに……いつもは図々しいくらいに強引なくせに……どうして今更そんなことを言うのですか？　私は……私はどうしたら……」

「リーブ！」

バードはリーブの肩を摑んで抱き寄せると、唇を唇で塞いだ。それは荒々しく激しい口づけだった。リーブは目を閉じて、バードの口づけを受け入れた。唇の間から、バードの舌が入ってくる。口内を愛撫するように弄《いじ》られ、リーブはその熱さに気が遠くなりそうだった。

唇が離れた。そっとリーブが目を開けると、じっと見つめるバードの眼差しがあった。バードは少し困惑したような表情をしている。

「怒らないのか？」

バードが囁くように言った。

リーブが答える代わりに目を閉じると、再び唇が重ねられた。今度は軽く一度吸うような口づけで、すぐに唇が離れた。抱きしめていたバードの手も離れて、リーブは解放された。目を開けると、バードがまだ困惑した表情のままで、視線を床に落としている。

「バード」

「なぜ怒らない……どういうつもりだ？　そんな態度だと……勘違いしてしまうだろう」

バードはぶつぶつと呟くように言って眉根を寄せた。リーブは何も答えられなかった。自分でも分からないのだから、答えられるわけがなかった。

ただひとつだけ分かっていることは、自分がバードに恋してしまったと気づいたことだ。そしてそのことにとても困惑している。

「わ……私は……」

リーブが頬を染めて、なんとか言い訳をしようと口を開いた時、ふいにバードがくるりと背を向けて、そのまま書庫の外へ出ていってしまった。

リーブは後を追うことができなかった。まだ混乱していて、後を追う理由を見つけ出せずにいたのだ。扉が閉まり静寂が戻った。一人になって、気が抜けたようにそのまま床に座り込んでしまった。

しばらく宙を仰いでいたが、やがて大きな溜息を吐いた。

「私は……一体……何をやってるんだろう」

そう呟くと、両手で顔を覆ってまた溜息を吐いた。

恋に落ちてしまった。

「わあ……」

リーブは変な声を漏らすと、顔を覆っていた両手を外して、一度パチンと頰を叩いた。

「驚いた」

一言呟くと、気持ちを整理しようと、今この場で起きたことを思い出した。そしてすべてを思い返して、顔から火が出るほど赤くなった。

「あ～……」

リーブは両手で顔を扇《あお》いだ。熱くて仕方ない。なんということだろう。まさか自分が、こんな風に誰かに恋することがあるなんて思いもよらなかった。

だがいざそうなってみると、相手が男だとかそういうことは、まったく関係がないのだなと分かった。そういうことではないのだ。そんなこと、考える暇もないほど、その時は突然やってくる。

すとんと胸の真ん中に、何かが命中したみたいだ。

何度も聞き慣れていたはずの「愛している」というバードの言葉。今までずっと「おはよう」と同じぐらいの感覚で聞き流していた。だってまともに聞き入れられるはずがなかった。会ってすぐから、彼はリーブに対してそう言い出した。リーブのことなんて知りもしないのに、よくもまあ簡単に言えるものだと思ったからだ。

だが今なら分かる。バードも言っていたように、彼がリーブに「一目惚れ」したのだというのならば、すぐに「愛している」という言葉が出てしまったとしてもおかしなことはない。なぜなら、今初めてリーブはその「愛している」の言葉を、素直に受け止められるようになったからだ。

そして口づけも……嬉しいと思ってしまった。あんなに嫌だったのに……嫌だったか？　嫌ではなかった。ただ驚いて、恥ずかしくて、怖かった。そんな風に他人と触れ合うことなど今までなかった。それは初めて経験することだから……。手を繋ぐのとはわけが違う。唇という限りなく自分の内側に近い部分をくっつける行為なのだ。一番皮膚の薄い部分で、一番敏感なところで、目と鼻と耳という最も外部からの情報を受け止める顔という部分を最接近させる行為だ。

怖いと思っても仕方ないと思う。裸を見られるのと同じくらいに、恥ずかしい部分だ。

それなのにすんなり受け入れてしまった。むしろバードの熱を直接感じることができて、心が昂るのを感じた。リーブが初めて感じる欲情だと思う。

『側にいるだけで口づけをしたくなるからしょうがない』とバードが言っていた言葉が、今初めて理解できる。

「確かに……確かに……しょうがない」

リーブは真っ赤な顔で呟きながら、また両手で顔を覆った。

「ああ～……もう……この歳になってこんな……やばいでしょう……これは……」

さっきのあれは……と思い出していた。さっきのあれは自分で誘っていたじゃないか、と思った。口づけを自ら誘っていた。感情が高まって、自分を止めることができなかった。こんなにもバードに対してときめいているのに……好きだという気持ちを認めたのに、肝心のバードが『もう口づけをしない』なんて言うからイラついてしまった。

今までだってそう言いながら、勝手に約束を破って口づけをしてきたではないか！　だから今、この雰囲気を察してさっさと口づけすればいいのに……と思った。

随分勝手だと思う。だったらはっきりと「口づけしてください」と言えばいいのに……。

「言えるわけないでしょう！」

自分に向かってそう怒りながら、顔から手を離した。

「これからどうすればいいの？」

途方に暮れながらそう呟いた。

中庭で無心に剣をふるうバードの姿がある。それを不思議そうにキリクが見つめていた。

どこかに行ったと思ったら、帰ってくるなり無言で中庭に出て、素振りを始めたのだ。

「何かあったのですか？」なんて野暮なことを聞くほど、キリクは馬鹿ではない。こんなおかしな行動をする時は、リーブと何かあったのだな？　としか思えない。

さっきの今だ。先程バードとリーブのことについて散々話をしたのだ。

「ちょっと行ってくる」とバードが言って、執務室を出ていったので、あえて「どこへ？」とは聞かなかったのも、話の流れから、すべてを悟って反省したバードが、リーブの下へ謝罪と誤解を解くための弁明に行ったのだろうと思って、何も言わずに送り出した。

バードがいない間、黙々と仕事を進めていたのだが、ふいにバードが一人で戻ってきて、今に至る。

「あれは……あれだな」

キリクは察したように頷いて、仕事を再開した。

怒っている様子はないから、おそらくリーブに言いたいことは言えて誤解も解いたのだろう。がむしゃらに素振りをしているのは、モヤモヤしている自分自身の気持ちを振り払うためだ。つまり……欲情してしまった昂りを、体を動かして振り払おうとしているのだろう。

キリクはクスリと笑った。チラリとバードを見る。

いい傾向だと思う。あのバードが、文句も言わず、癇癪《かんしゃく》も起こさず、こんなに我慢できるなんて、それだけリーブへの愛が本物だということだ。良い夫婦になって欲しいと願わずにはいられない。

しばらくバードのことは放置して、仕事を続けていたキリクだったが、一向にやめる気配のないバードを、眉根を寄せながらじっと睨みつけた。

「バード様！　いい加減そろそろ仕事をしていただけませんか？　書簡が溜《た》まる一方ですよ！」

キリクが大きな声を上げたので、バードは素振りの手を止めた。

「あ？」

「ほら！　妖獣討伐の仕事の依頼もいくつか来ています！　書簡に目を通してください！」

キリクが書簡の束を掴んで振り回して見せたので、バードは手拭いで額の汗を拭きながら苦笑した。


バードは自室の扉の前に立ち、何度もドアノブに手をかけては、また引っ込めてを繰り返していた。

部屋の中に入るのに勇気が必要だった。

日も暮れたし、仕事はやめて部屋へお帰りくださいと、キリクに無理やり執務室を追い出された。

あれはたぶん、なんとなく色々と察しているのだろう。

キリクは優秀な側近だ。子供の頃からバードに仕えていたので、バードのすべてを知っている。とても頼りになるのだが、時々扱いにくいところがある。バードのことを知り過ぎているのだ。例えば今日みたいに、バードがリーブと何かあって、会うのが気まずくて、部屋に戻りたくないと思っていることを察しているのだ。だからわざと早く部屋へ帰そうとする。本当に扱いにくい。

「怒っているかな……」

バードは小さな声で呟いた。

「怒っているよな」

バードは溜息を吐くと、覚悟を決めたようにドアノブに手をかけて、扉を開けた。

「あ、おかえりなさい。遅かったのですね。お疲れさまでした」

中央のソファに座って本を読んでいたリーブが、入ってきたバードの姿を見て、立ち上がると出迎えた。その態度があまりにもいつも通りだったので、バードは戸惑ったようにその場に立ち尽くしてしまった。

「食事は、貴方が帰るのを待っていたんですよ。お腹が空きました。さあ食べましょう」

バードの側までリーブが歩み寄ってきて、微笑みながらそう言ったので、バードは戸惑った様子で、ただ頷くしかなかった。

そのまま促されて、ダイニングテーブルまで移動する。椅子に座ると、向かいにリーブも座った。侍女達がすぐに食事の用意を始めた。その間、バードは気まずいという顔で、リーブを見ることができず、ただ無言でテーブルの上の皿を見つめていた。

「お仕事、忙しかったのですか？」

「え？」

リーブに話しかけられて、はっとしたようにバードは顔を上げた。リーブと目が合うと、リーブは微笑みながら、もう一度同じ質問をした。

「お仕事、忙しかったのですか？」

「あ、ああ……書簡の整理に追われて……また妖獣討伐依頼がいくつか来ていたから、それを整理していたんだ」

バードは懸命に平静を装った。リーブが少しも怒っていないことに戸惑った。あんなことをしてしまったというのに、なぜ怒っていないのだろう？　と頭の中でぐるぐると考えていた。

そういえばあの時も怒っていなかった。リーブが怒らないから、二度も口づけをしてしまったのだ。それもかなり本気のやつだ。

「第一兵団がまた討伐に行くのですか？」

「あ、ああ……遠くの国には第一が行く、特に大物は第一がやる。近場には第二兵団が行く」

「そんな風に決まっているのですね」

「今回はオレも行こうかと思っている」

「バードが？　妖獣討伐に行くのですか？　王様なのに？」

リーブが驚きの声を上げたので、バードは不満そうに少し顔を歪めた。

「なんだ？　オレが行ったらダメなのか？」

「だって普通、王様はそんな危険な戦場には赴かないものでしょう？」

「オレはナーガ族の長だぞ？　長が先頭に立って戦わずしてどうする！　今までは行きたくても行けなかったんだ。だがお前がいてくれるから、これからはオレも安心して行くことができる。お前に国を任せられるからな」

バードが嬉しそうにニッと笑って言うと、リーブは少し頬を染めて、視線を逸らし食事を続けた。

「あまり……危険なことはなさらないでください」

少し間をおいてリーブが呟いた。視線を落として、誤魔化すようにひたすら食事を続けるその様子に、いつものリーブらしくないと、バードは思いながら見つめていた。

なんだか今日はずっとリーブの様子がおかしい。いや……正確には書庫で話をした時からだ。怒っているというわけでもない。今だってバードの身を案じて言葉をかけてくれる。

それに気のせいではないと思うが、度々リーブが赤面しているように見える。バード達と違って、リーブは透き通るような白い肌だから、少し赤みが差すだけでもすぐに分かる。頬を染めるその様子も愛しい。いやいや、そうではなくて、なぜ今日は……なぜあの書庫での話以来、リーブはバードと視線が合うと、頬を染めて視線を逸らすのだろう？　そんなかわいい態度を取られたら、普通「オレに気があるのか？」って勘違いしてしまうだろう。

間違いなく勘違いする。だからバードも思わず口づけをしてしまった。しかしあの時、リーブは抵抗しなかったし、怒らなかった。今だって怒っていない。

まさか、本当にオレに惚れたのか？　でも昨日までそんな気配はなかった。今朝もだ。いつ？　どこで？　いや、やっぱり勘違いか？　と、バードはぐるぐると考えを巡らせていた。

食事が止まり、眉間にしわを寄せながら考え込んでいるバードに気づいて、リーブが視線を上げた。

「どうか……なさいましたか？」

リーブに問われて、はっとしたようにバードがリーブを見つめた。

「あの……あのな、リーブ……その……あのな、つまり……」

バードが少し赤くなって、もごもごと言い淀んだので、リーブは首を傾げた。

『おい！　ちょっと待て！　せっかくリーブと和解したのに、また怒らせる気か？』

『いやいや、オレらしくないだろう！　ここは自信を持って聞いてみろ！』

『そういう自信過剰で不遜な態度が、リーブの不興を買ったのだろう！　家臣や他の者にはそれでいいかもしれないが、リーブに好かれたいなら、少しは自重しろ！』

バードの頭の中で、二人の自分が喧嘩を始めた。バードは眉間を寄せて目を閉じて「う〜ん」と唸り始めた。

「バード？　大丈夫ですか？　どこか具合でも悪いのですか？」

リーブが心配そうに尋ねると、バードは持っていたフォークを置いて立ち上がった。

「すまん、ちょっと……もう寝る」

バードはそう吐き捨てるように言って、さっさと寝室へ行ってしまった。

「バード!?」

リーブは驚いて立ち上がった。

側で使用済みの皿を下げていたアイシャも、驚いたように立ち尽くしていたので、リーブは一度アイシャと視線を交わした。

「私が様子を見てきます。すみません、食事はもう片づけてください」

リーブはアイシャにそう告げると、寝室へ向かった。

扉をノックしたが返事はなかった。リーブはそっと扉を開けて中を覗き込んだ。すると真っ暗な部屋の中で、ベッドに座り頭を抱え込んでいるバードの姿が、開いた扉からの明かりでぼんやりと見えた。

「バード！　具合が悪いのですか？」

リーブが驚いて駆け寄ると、バードは大きな溜息を吐いた。

「いや、違うんだ。なんでもない」

「なんでもないって……」

リーブは戸惑っている。しかしバードは頭を抱えたままで、それ以上何も言わなかった。

少し間をおいて、バードがもう一度溜息を吐き、ゆっくりと顔を上げてリーブを見た。

「リーブ、少し大事な話をしたいんだが、もしかしたら他の人がいると、またお前が恥ずかしがるようなことになるかもしれないから、侍女にはもう下がってもらって、そこの扉も閉めてここに戻ってきてくれないか？」

バードはとても落ち着いた様子で、ゆっくりと説明するように語った。リーブはまだ戸惑っていたが、言われるままに寝室を出て、アイシャに今日はもう下がるように伝えた。バードが大丈夫であることも補足して、アイシャを安心させた。

リーブは燭台を手に持って戻ってくると扉を閉めた。ベッド脇の小さなテーブルの上にそれを置いた。

「話というのは何ですか？」

リーブはバードの前に立って、改めて尋ねた。

バードはリーブを見上げると微笑んだ。

「まあ……隣に座ってくれ」

「は……はい」

リーブは言われるまま隣に腰を下ろした。

「ひとつ聞きたいことがあるんだ。これは真剣な質問だから、怒らずに答えて欲しい。もしも答えられないようなら……答えられない理由を教えて欲しい。いいな？」

リーブは、バードの様子がひどく静かだと感じた。不安な面持ちでバードを見つめ返し、何を言われるのか待った。

「オレは……自信過剰で、傲慢なところがある。自分でも分かっている。お前に嫌われたくないから、少しは直そうと思ったが、元々の性格だから、簡単には直せそうもない。それを承知で聞いて欲しい」

「は、はい」

言っていることはおかしなことだが、バードがとても真面目に言うので、リーブは益々不安そうに頷いた。

「リーブ……お前、もしかしてオレに惚れてしまったのか？」

真顔でバードがそう言った。リーブは一瞬、目を丸くして硬直したが、みるみる顔が赤くなっていった。その様子を、バードはじっと見つめながら、確実だという思いが胸に湧き上がる。

「オレの思い違いかと思ったが、やっぱりそうなんだな？　オレのことが好きなんだな？」

「そ、そ、それは……ちが……あの、私は……」

リーブはこれ以上にないほど顔を赤くして、ひどく狼狽《ろうばい》している。その態度は、バードの勝手な思い込みではないと、確信させるものだった。

「リーブ！」

「あの……私は……」

「リーブ！」

バードが嬉しそうに名前を呼ぶと、両手を広げてリーブを抱きしめた。

「なんで急に惚れてくれたのかは知らんが、そんなことはどうでもいい！　お前がオレを好きになってくれたなら、もうなんでもいい！　リーブ！　愛してる」

バードはリーブを強く抱きしめて、リーブの頰に頰を摺《す》り寄せた。

「バ、バード……あの……あの……」

リーブの動揺は並大抵のものではなかった。顔を赤くして、目を白黒させて、うまく頭も回らないし、誤魔化す言葉も出ない。

こんなにパニックに陥ってしまったのは、リーブ自身生まれて初めてだ。『精霊の回廊』に入って、この国に突然飛ばされた時だって、こんなにはうろたえなかった。

「ちが……違う……あの……これは……」

「違うのか？」

リーブがしどろもどろに否定の言葉を言ったので、バードは抱きしめていた体を少し離して、真顔でリーブを見つめて尋ねた。リーブは耳まで赤い顔をしている。とても困ったように眉根を寄せて、バードを見つめ返した。

「違います！　いえ、あの……違うわけではありません……いえ、その……」

「リーブ、分かった。きちんと話そう。これはとても大事なことだ。また誤解して拗《こじ》らせたくない。オレも少し早まったようだ。すまない、ちょっと落ち着こうか」

バードがリーブを宥めるように言って、完全にリーブから離れた。

「リーブ、深呼吸をしてちゃんと話せるようになったら、さっきのオレの言葉の返事をくれ。違うなら違うと言ってかまわない」

バードはゆっくりとした口調で言うと、正面に向き直り、あえてリーブを見ないようにした。

リーブは困った顔のままで俯き、大きく息を吸い込んだ。まだ顔が赤い。

混乱する頭の中を整理しようと試みた。その間何度も深呼吸をする。

どれくらいの時間が過ぎたのか、ようやく気持ちが落ち着いたリーブが、顔を上げて隣に座るバードの横顔を見つめた。バードは真っ直ぐに宙を見ている。

「バード」

リーブが名前を呼んだので、バードはゆっくりとリーブの方へ向き直った。

「バード、すみません。突然のことに動揺してしまいました。正直に話します。バード、私は……貴方のことが好きです」

リーブのその言葉に、バードの表情が輝いた。だが思い直したように、ぐっと拳《こぶし》を握り締めて、何も言わずにリーブの次の言葉を待った。たぶんまだ続くと思ったからだ。

「私も貴方に話さなければと思っていたのです。でもどう話せばいいのか……どんな顔で貴方に言えばよいのか分からなくて……でもそうですね。私もあなたも子供じゃないんだから、こんなことでうろたえるなんて恥ずかしいです。貴方のことが好きです。恋愛という意味で好きです。いつそう思ったのかは……さっき……書庫で貴方と二人で話をした時、貴方の……私に対する真摯な想いを聞いて、好きになってしまいました。単純かもしれませんが、あんな風に愛していると、真剣に告白されて、心が動かないはずはありません。でも本当はその前から、貴方に惹かれていたのです。貴方という人物を知るうちに、惹かれていました。でも自分ではまだ分かりませんでした。今まで恋愛などしたことがないので分からなかったのです。この気持ちがなんなのか……」

リーブはそこまで話して、大きく深呼吸をした。リーブの両手が、膝の上で強く服を握り締めている。また顔が赤くなっていた。

バードはとても辛抱強く我慢しながら、リーブの話を聞いていたが、内心は心が躍りまくっていた。リーブがかわいく、愛しくてたまらない。すぐにでも抱きしめて口づけしたかったが、さすがにもう何度も失敗はしない。今はそれをしてはいけない時だと分かっている。

「すみません、呆れますよね？」

「呆れるものか」

バードが優しく答えた。リーブは苦笑する。

「貴方に口づけをされて抵抗しなかったのは、嫌ではなかったからです。あんなに嫌だったはずなのに……いえ、それも違いますね。今思えば、貴方に口づけられて嫌だったことなど一度もありません。

ただ驚いただけです。驚いて、恥ずかしくて抵抗していました。嫌なら、口を拭うとか、うがいをするとかするでしょ？　そんなことは一度もしなかったし、そんな風に思ったこともありません。だから、するなと言ったのは私の方なのに……貴方がもう絶対にしないと言いにきた時……それがあまりにも真剣な様子だったから……今までとは違う、何か決心をしてきたような言い方だったから、とても腹が立ったのです。私のことが好きなくせに、もう口づけをしないなんて、なんでそんなことを言うのだろうと……イラついて、腹が立って、貴方を煽《あお》るような言い方をしてしまいました」

バードはじっとリーブと見つめ合いながら、ゴクリと唾を飲み込んだ。ひとつ息を吐いて、ようやく我慢していた言葉を吐き出した。

「じゃあ……もう一度尋ねるが……お前はオレに惚れているんだな？」

「はい」

今度はうろたえることなくリーブが頷いて答えた。

「愛しているというオレの言葉を、同じ気持ちで受け止めてくれるのだな？」

「はい」

「抱きしめてもいいか？」

「はい」

バードが恐る恐るというようにリーブの体を抱きしめた。リーブは大人しくバードに身を委ねる。

「口づけてもよいか？」

「はい」

リーブの答えを聞いて、バードは昂る気持ちを必死で抑えながら、リーブの唇をそっと軽く吸った。

リーブの柔らかな唇は、バードの口づけに応えるような弾力があった。抵抗してきゅっと固く閉ざしていた唇ではない。

バードはもう一度唇を吸った。今度は少し強く吸った。リーブの柔らかな唇をすべて包み込むように、バードの少し肉厚の唇が捕えた。唇の間から、バードの舌が入り込み、リーブの歯茎を撫で、口内を愛撫するように動いた。

「ん……」

リーブが喉を鳴らしたので、一度バードが唇を離す。するとリーブが大きく息継ぎをした。

その様子にバードがクッと笑う。

「口づけの間、息を止めなくてもいいんだぞ？」

「え、だってじゃあどうやって息をするんですか」

リーブが上ずった声で尋ねる。

「鼻で息すればいいだろう」

バードが少し意地悪く嘲笑を交えながら答えると、リーブは目を丸くして眉根を寄せた。

「そ、それくらい知っていま……」

リーブの言葉を遮るように再び唇が重ねられる。バードの舌がリーブの舌に絡みつき、上顎の裏を撫でた。リーブの下唇を食《は》むように吸って、上唇を舌先で舐《な》めた。

深く浅く執拗《しつよう》に口づけられて、リーブは翻弄されていた。バードの背中に両手を回し、縋《すが》りつくようにバードの服を握り締める。

どれくらいの間口づけをしたのか分からない。ぎこちなくされるがままだったリーブが、うっとりとした表情でバードの口づけを受けるようになるまで続けられた。

やがてゆっくり唇が離れると、唾液が糸を引いて、それがひどく艶《なま》めかしく見えた。

リーブが、ほうっと甘い息を吐いた。それは先程の苦しげな息継ぎとは違っていた。喘ぎに近い息遣いだ。

リーブの翡翠《ひすい》のような瞳が、少しうつろにバードを見つめる。バードはその瞳を見つめ返しながら、そっとリーブをベッドの上に押し倒した。そしてまた口づける。

甘く柔らかく口づけると、その唇はリーブの唇から離れ、頬に口づけ、耳たぶに口づけた。首筋を舐めながら、リーブの服のボタンを外していく。白い絹のブラウスを脱がすと、同じくらいに白い肌が現れる。手で撫でると、絹のように柔らかな肌だった。

首筋から鎖骨へ唇を這《は》わせて、いくつも赤く跡が残るほど柔らかな肌を吸った。吸うたびに、リーブの体がびくりと反応し、小さく喘ぎが漏れる。敏感な柔肌を、バードは隅々まで自分のものだと確かめるように、口づけていった。

バードの大きな両手が、リーブの腰を何度も上下に撫で、背中に手を回し、背骨の形にそって尻の上の窪《くぼ》みまでのラインを撫でまわした。

リーブの息遣いが次第に乱れていくのが分かる。それはバードも同じで、血が熱く滾《たぎ》るのと同じく、息も荒くなっていく。

リーブの薄い腹を何度か撫でて、そのまま下へと手を滑らせる。ズボンに巻かれた幅広の紐を解き、ズボンのボタンを外して前を開いた。右手を下着の中へ入れて、リーブの股間を弄ると、さすがにリーブも声を上げた。

「あっ……バード……あぁっ……そこは……ダメです……」

リーブが身を捩らせながら、上ずる声でそう訴えた。しかしバードは、夢中でリーブの胸に唇を這わせ、小さな突起を吸い続ける。

「ああっあっ……バード……ダメ……あっ」

バードの右手が、リーブの性器をやんわり握ると、びくりと体が震えた。リーブの性器はすでに硬くなっている。掌《て》の腹で擦りだすと、リーブが甘い声を漏らし始めた。

「あっ……バード……あっああっ」

バードはリーブの甘い喘ぎ声を聞きながら、満足そうに笑みを湛《たた》えて、ピンク色の乳首を強く吸い上げた。リーブの体が、愛撫による刺激を受けるたびに、びくびくと震えた。

「あぁんぁっ……んんっ……あっあぁ――」

リーブは身を捩らせると、射精した。バードの手の中に、たっぷりと精が放たれる。

バードは少し身を起こすと、リーブの精液に濡れた自らの右手を見つめて、嬉しそうに目を細めた。

ペロリと精液を少し舐める。

「濃いな……リーブ、射精するのは初めてではないよな？　だが性交はしたことないんだろう？」

リーブはその問いには答えなかった。息を乱しながら、ぐったりとした様子で放心状態にあったからだ。体力的にはまだ何も問題はなかったが、様々な快楽に翻弄されて、初めて経験することばかりで、頭の中が真っ白になってしまっていたのだ。

バードは、返事がないことを特に気にする様子はなく、自分の服をさっさと脱ぎ始めた。筋肉隆々の見事な体軀が露わになる。すべてを脱ぎ終わると、リーブのズボンと下着も剝《は》いでしまった。

膝立ちになり、腕組みをして、リーブの美しい肢体をまじまじと眺めた。鑑賞に値すると思った。

バード自身は、芸術にはまったく興味がない。このシーク自体も、芸術的文化はそれほど盛んではないが、バードが王として他国に招かれ、それぞれの国が誇る美術品を誇らしげに見せられても、社交辞令で賛辞するだけで（さすがのバードもそういう礼儀はわきまえている）心の中では、まったく感銘を受けたことがなかった。美女を描いた絵画も、精霊を模した美しい彫刻も、それらを見て心から「美しい」などと思ったことはない。

　だが今は心から「美しい」と思っている。

　真っ白なシーツの上に横たわるリーブの姿はとても素晴らしかった。傷ひとつ、染みひとつない白い肌、バードからすれば少し痩せ気味だと思える体も、こうして見れば全体のバランスとしては、とても整っていた。細い腰やすらりと伸びた手足、金糸のように美しく長い髪が、その体を輝かせる後光のように、シーツの上に広がっている。

『体毛も金色なのだな』と股間を見つめて、感心したように思った。

　いつまで見つめていても、見飽きることなどないのだが、今は高まる性欲の方が優先だ。バードの雄が今最高潮に滾っている。男根は腹に付くほどそそり立ち、今にも爆発しそうなほど昂っている。

　バードは再び覆い被さると、リーブの股の間に手を入れて、尻の窪みを弄る。指先で小さな穴を解《ほぐ》すように、優しく円を描くように撫でまわした。時々穴の中に指先を少し入れては抜き、撫でてはまた入れてを繰り返し、優しく丁寧に愛撫した。

「あっ……ああっ……バード……待って……あぁぁっ」

　リーブは再び新たな未知の刺激を受けて、放心からハッと意識を取り戻した。そんな場所を他人から弄られるなんて思いもよらなかったので、また混乱してしまった。穴の中に指を少しだが入れられるたびに変な声が出てしまう。恥ずかしさで頬が熱くなっていた。

そんなリーブの様子は、バードにとって興奮を掻き立てるものでしかない。胸から脇にかけて、舌を滑らせ、柔肌を味わった。

尻を弄る指は、次第に中に深く入っていく。中指の第二関節まで抵抗なく出し入れできるようになると、指を二本に増やした。

「痛いか？」

そっと尋ねると、リーブは眉根を寄せながらも首を振った。それに安堵すると、バードは少し身を起こして、リーブの尻を解すことに専念し始めた。

指を唾液で濡らしては、リーブの後孔に差し入れて、二本の指を抜き差ししたり、左右に少し広げたり、指の腹で内壁を愛撫したりした。

脚を広げさせ、片方を抱えてその柔らかな内腿《うちもも》を何度も吸う。そのたびにリーブが甘く喘ぐ。

バードは時間をかけてとても丁寧に後孔を解していった。

指が三本すんなりと入るようになり、リーブの様子を窺いながら、指をそっと引き抜くと、口を少し大きく開いて赤く色づいている後孔に、亀頭の先を宛がった。

バードの昂りは、限界近く怒張していて、鈴口からはすでに雫《しずく》が溢れ出している。何度かゆっくり押し付けて、頭が中に入ると、後は難なく挿入できそうだった。

バードは何度もリーブの顔を確認して、苦しげな表情をしていないか様子を見ながら、腰を進めていった。

リーブは時折眉根を寄せて喉を鳴らした。だが痛みを伴う表情ではなさそうだった。先程までとは違う感覚に戸惑っているようだ。

体の中に異物が入ってくるのを感じている。それはとても熱くて硬くて、体の中がいっぱいに圧迫されてしまうような質量を感じるもののようだ。苦しいが痛みはない。だがそれがなんなのか分からず戸惑っている。そんな感じに見えた。

「ん……んんっ……あっあっ……バード……あぁっ」

小さな喘ぎと共に、何度もバードの名を呼んでいる。こんな状況で、リーブに甘い声で名を呼ばれて、バードは改めてリーブが本当に惚れてくれているのだと実感していた。性交の経験のないリーブにとって、快感も快楽も、すべてが想像を超えたもののはずだ。

口づけだけで、あんなに驚いて恥ずかしがって、思わず魔法を使ってバードを拒否していたくらいだ。性交をする許可も取らずに、バードは勢いのままで、行為に至っている。魔法で雷を落とされても仕方のないようなことをしているのだ。

それなのにリーブは、何度もバードの名前を呼ぶ。甘い声でバードと呼ぶ。こんなに幸せなことがあるだろうか？

半分ほど入ったところで、ゆっくりと腰を揺さぶってみた。

「あぁっ！　あっあっ……んんっ……ぃやあぁっぁっ……」

リーブが泣くような声で喘ぎ始めた。顔を見ると、眉間に少ししわが寄っている。だが顔は朱に染まったままで、痛みや苦しみでの喘ぎではなさそうだ。

バードは腰を揺すり続けながら「愛しているよ」と何度も囁きかけた。それに反応してか、それとも挿入に快さを感じ始めたのか、リーブの表情が次第に気持ち良さそうに変わり、喘ぎ声も大きくなってきた。一度萎えたリーブの性器も硬く立ち上がり始めている。

「リーブ……すまないが、一度出させてくれ……」

バードが苦しげに顔を歪めながらそう言うと、腰の動きを少し速めて、ぶるりと体を震わせ、リーブの中に射精した。するとリーブが息を飲んで体を震わせる。体の中に熱い迸《ほとばし》りを感じて驚いたようだ。

「んんっんっ……あっああっ」

リーブも極まったのか、背を弓なりに反らせて再び射精した。腹の上に精液が飛び散る。

バードは唇を舐めると、ぐっと腰を押し付けた。中に射精したせいで、深く挿入できるようになったのだ。肉を割って熱を持った硬い肉塊が、体の奥へと入ってくるのを感じて、リーブが大きく声を上げた。

「あぁぁっ……んぁっあっあぁぁっ」

バードはリーブの腰を両手で掴むと、ゆっくりと抽挿を始めた。湿った淫猥《いんわい》な肉の交わり合う音がする。リーブの中は狭いが、熱い内壁がバードの男根を包み込み、抽挿するたびに扱《しご》かれるようで、今まで味わったことのないような快楽を感じていた。

腰の動きが大きくなり、深く突き上げるたびに、リーブの体が揺さぶられる。

「リーブ……ああ……リーブ……愛しているよ」

バードの甘い囁きが遠くに聞こえていた。リーブは次々と湧き上がる快楽の波に溺《おぼ》れるようで、何も考えられなくなっていた。体の中を蠢《うごめ》く熱い肉塊が「何」なのか、今はまったく考えられなかった。ただそれが動くたびに、リーブの中を擦られるようで、ジワジワとした例えようのない痺《しび》れのような快感が、背筋を駆け上ってくるのだ。

体が熱くて、息が苦しくて、口を大きく開けて息をすると、勝手に声が出てしまっていた。それは自分の声ではないようで、止めることができない。

時折うわ言のようにバードの名を呼び続けている。

バードはそのまま攻め続けて、やがて大きく腰が跳ねると、勢いよくリーブの中に精を注ぎ込んだ。最初の時よりもたくさん注がれるのを感じながら、リーブも精を放って意識を手放した。

目を開けてしばらくぼんやりとしていた。ひどく気怠《けだる》くて、でも頭の奥がキーンと鳴っていて、まるで体力の限界まで全力疾走した後のようだと思った。

自分の置かれている状況がまだ把握できず、ただ薄明かりの中の天井を見つめていた。

「気がついたか？」

声をかけられて、ようやく現実なのだと気がついて顔を動かした。バードが、リーブの方に体を動かして横向きに寝ながら声をかけてきた。

「バード」

「体は大丈夫か？」

バードはそう言って、肘枕をして微笑む。

「体……はい……大丈夫です。たぶん」

「痛むところはないか？」

聞かれてリーブは手を動かしてみた。足も動く。

「たぶん、ありません」

リーブは淡々とした様子で答えた。それをどう受け取ったのか、バードが申し訳なさそうに顔を歪めた。

「すまない。お前の同意も得ず抱いてしまった。お前の気持ちを知って、高揚してしまった。オレはまた早まったんだな……お前の言う通りだ。オレは我慢なんてできないんだ。守れない約束をするものではないな」

苦笑しながら話すバードの顔を、リーブはじっと真顔で見つめていたが、ふいにハッとしたように大きく目を見開いた。

「私達はもしかして性交をしてしまったのですか？」

バードはそれに驚いたように目を大きく見開いた。

「え？　今気づいたのか？」

「あっ！　いえ、そうじゃなくて……」

自分の発言のおかしさに気づいて、リーブは真っ赤になって両手を振った。

「ち、違うのです！　あの……頭が朦朧《もうろう》としてしまって……行為をしている最中ですが……、なんだか夢でも見ていたのかと。今目が覚めてそんな風に思ってしまったものですから……」

リーブは恥ずかしくて、一生懸命言い訳をした。するとバードが大きな声で笑い出した。よほどツボにはまったのか、いつまでも大笑いしているので、リーブは恥ずかしい気持ちもすっかり消えて、ぽかんと口を開けて笑い転げるバードを見ていた。

「あ、いや……ははは……すまん、別に……ククッ……馬鹿にしているわけじゃないんだ……お前があんまりかわいいから……」

「かわいい⁉」

リーブはその言葉に、不本意とでも言うように眉根を寄せた。

「てっきり今度こそお前を怒らせたと思ったんだ。情事の後だというのに、お前は無表情で、恥じらう様子さえもなく、淡々とオレの質問に答えるものだから、ああ、これはさすがにやらかしたなって、内心肝を冷やしていたんだ……それなのに、急に正気に戻って、そんなに真っ赤になって言うものだから……そりゃあもう、かわいくて仕方ないさ」

バードは腕を伸ばして、リーブの体を強引に引き寄せると、ぎゅっと強く抱きしめた。

「バ、バード？」

「怒っていないのならよい……ははっ！　これで本当にお前はオレの伴侶だ。誰が何と言おうとオレのものだ。愛してるリーブ」

バードが嬉しそうにそう言って、リーブに口づけをした。リーブはそれを拒むことはなく、微笑みを浮かべながら口づけに応えた。


それから三日後、リーブはタージの港に来ていた。

「それじゃあ行ってくる」

「どうか無茶をなさらないでください。お気をつけて」

バードが笑顔で言い、リーブも笑顔で応えた。するとバードがなかなか動き出さないので、リーブが不思議そうに首を傾げると、おもむろにリーブを抱きしめた。

「ああ、やっぱりお前と離れたくない」

「な、何を言い出すんですか！　それに人前ですよ！」

バードの後ろに控えていた第一兵団の者達が、やんやと冷やかしの声を上げたので、リーブは赤くなってバードの腕の中から逃れようともがいた。

「新婚だから仕方ねえか……バード、やっぱり行くのはやめるか？」

ラディが、ひひひと笑って言ったので、バードはむっとした顔で、後ろを振り返りラディを睨みつけた。

「行きたくないとは言ってないだろう！　リーブと離れたくないだけだ」

「同じことだろう」

ラディが呆れたように言うと、バードはぎゅっとまたリーブを抱きしめた。

「気持ちの問題が全然違う」

バードが不機嫌そうに言うので、リーブとラディは視線を合わせて、やれやれという表情をし合った。

「バード、ひと月なんてあっという間ですよ。私に早く会いたいならば、さっさと妖獣を倒して、怪我ひとつなく元気に帰ってきてください」

リーブが子供を宥めるように言うと、バードは嬉しそうに瞳を輝かせて頷いた。

「ちゃんとオレを待ってろよ！　国のことはお前に任せた」

「はい、この国をお守りいたします」

バードはリーブに軽く口づけると、リーブが怒り出さないうちに船へ向かって走り出した。

「バード！」

リーブが赤くなって怒ったが、バードは笑いながら手を振って、橋桁を上っていくところだった。

「リーブ様、バードのことはオレが守りますからご安心ください」

「はい、バスカスさん、第一兵団の皆さん、どうぞ怪我なく元気に帰ってきてくださいね。神のご加護をお祈りします」

リーブに声をかけられて、第一兵団の団員たちは歓声を上げて飛び上がった。意気揚々と船に乗り込むと、出港の準備を大急ぎで行い、手の空いた者は船尾に集まると、嬉しそうにリーブに向かって手を振った。もちろんその中にはバードもいる。

リーブは笑顔で手を振り返し、彼らの旅立ちを見送った。

「キリクさん、何か私がやらなければならない仕事はありますか?」

館に戻り、バードの側近キリクに尋ねた。

「いいえ、今のところ特にはございません」

「何も?」

「はい、何も」

リーブが拍子抜けしたような顔をしたので、キリクは困ったように頭を掻いた。

「てっきり私がバードに代わって、国王代理のような仕事をするのかと思っていました」

「バード様から何か頼まれておいでですか?」

改めてそう言われると、確かにバードからは何も言付《ことづけ》されていない。ただ『国のことは任せた』と言われただけだ。

「でも……ひと月も国王がいないと困るのではないのですか?」

「王がいない間は、港を閉鎖して他国からの入国を禁止しています。ですからよほどのことがない限り困ることはありません。ただもちろん絶対何もないとは言い切れませんから、王妃様はその『もしも』の時に、いていただければ……」

リーブがあからさまにがっかりした顔をするので、キリクも申し訳ない気持ちになってしまった。

「えっとぉ……」

困ったように頭を掻くキリクを見つめながら、リーブがクスクスと笑い始めたので、キリクは目を丸くした。

「嘘ですよ。確かに少しだけがっかりしましたけど、そうだろうとは思っていました。ですが逆に……私がやりたいと思っていることをやってもいいですか？」

「やりたいと思っていること？　それはなんですか？」

「移動診療です」

「移動診療？」

キリクは初めて聞く言葉に、大きく首を傾げた。

「この国には医者が城下町に一人しかいないと聞きました。だから他の町や村では、よほどの重病でないと医者にかかれないと……」

「確かに……確かにそうですが、正確には他に三人います。第一兵団に一人と、第二兵団に一人、第三兵団に一人います。我が国の人口や規模を考えれば、決して少ないわけではありません」

「そうですね。でも他の町や村の人たちが、ちょっとした病気や怪我では、医者に診てもらえないのは事実です。ですから町や村を回って、私が作った薬を配ったり、治療を施したりしたいのです」

「リーブ様が自ら島中の町や村を回るというのですか？」

キリクが驚きの声を上げた。

「もちろん一日で回るわけではありませんよ？　小さな村もすべては難しいかもしれませんが、主要な町や村は三カ所ですよね？　中央の山間部にあるルフ村、南の港町デイル、東の漁村マラン。一番遠いマランでも馬なら半日で行けます。月に一回……いえ、できれば月に二回それぞれを巡回したいのです。私もこの国の役に立ちたいのです。ね？　いいでしょう？」

キリクはとても困惑していた。『いいでしょう？』と言われて、『はいそうですね』とは簡単に答えられない。

「それはとても立派な行いですが……何もバード様不在の時になさらなくてもよろしいのではないですか……バード様がお戻りになってからご相談ください」

キリクは判断できかねてそう助言した。するとリーブは首を竦めた。

「今だから試せるんじゃないですか……キリクさんは私が一人で行くのを案じているんでしょ？　バードのいない今は、他国からの入国を禁止しているから、いつもよりもむしろ安全なはずだし、それでも心配なら、誰か一人護衛を付けてくれればいいです」

リーブの言うことは正論で、キリクにはそれを言い負かすことができなかった。

「分かりました。では国内警備兵団第一師団隊長のザイを護衛にお連れください」

リーブは早速翌日から行動を起こした。

事前に通達していなかったため、突然のリーブの訪問に、人々は大混乱になったが、もちろん盛大な歓迎を受けた。

リーブ自らが治療してくれると聞き、健康な者までわざと転んで擦りむいたと言って、行列を作った。リーブは治癒魔法を使って治療をするので、大抵の軽い病気や怪我は、その場でたちまち治された。数度の治療が必要な重症の者には、薬を処方した。

周辺の集落の者達も噂を聞いて駆け付けた。

護衛としてついてきていたザイは、リーブの助手を頼まれて、慣れない仕事に悪戦苦闘していた。

人々はとても感謝し、あっという間に国中に評判が広がった。

「南の港町デイルで、疫病の兆候を発見しました。発見が早かったので大事に至らなくて済みました。私が移動診療をしたのは偶然でしたが、本当に良かった」

一度三カ所を回り終えて、リーブはキリクに結果を報告した。キリクは笑顔で頷いた。

「城下町の医師がとても感謝していました。リーブ様のおかげで、他の町や村からの患者が減ったので、余裕を持って診察できるようになったと……むしろ城下町でも治療して欲しいという声も上がっています。その上疫病が蔓延《まんえん》するのを食い止められたとは……本当に良かった。リーブ様のおかげです。私はなにぶんそういうことに疎くて、移動診療と最初に聞いた時は分からないままに反対してしまい申し訳ありませんでした」

キリクの言葉に、リーブは少し困ったように微笑んだ。

「移動診療は、ニーヴェリシアにいた頃、教会の司教達とたまに行っていた活動なのです。あくまでも私達の治療は、医師のいない地域での人助けとしての活動で、補佐のようなものです。私達魔導師は、治癒魔法は使えますが、普段は医師として働くことはできません。魔法は決して万能ではありませんし、魔力も無限ではありません。一人の魔導師が使える魔法には限界があります。ですから本当はやはり医師が治療をするのが最良だと思っています」

キリクはリーブの話を聞いて、不思議そうに首を傾げた。

「でも医師に治療をしてもらうと、治るまでに何日もかかりますが、魔法だとその場ですぐに治ってしまいますよね？　何度も通わなくてよいし、患者にとっても治す方にとっても手間がかからないのではないですか？」

「普通は皆さんそう思って当然ですよね」

リーブが微笑みながら言うと、キリクは更に首を傾げた。

「普通はって……違うのですか？」

「医師の治療も、魔導師の魔法も、やっていることは一緒なのですよ」

「え？」

「怪我も病気も、本当は人間自身の体が持っている治す力で回復しているのです。医師は薬を使って、もっと早く回復するように手助けしているに過ぎません。治癒魔法も同じで、薬の代わりに魔導師の魔力を使って、早く回復させているだけなのです。普通の人からみたら、魔法の力は奇跡のように感じるかもしれません。ですから不用意に使うと誤解を招くので、慎重に使わねばならないし、周囲の理解も必要なのです」

「誤解とは、具体的にどういうことですか？」

「さっきも言ったように、魔法は万能ではありません。でも人々が奇跡のようなものだと思ってしまったら、できないことを要求されかねません。例えば魔法では失ったものは元に戻せません。戦いで失った手や足は元通りにはできません。死んだ者は生き返らせられません。命にかかわるような重症の病気や怪我は、一度では治せないし、場合によっては完治させることもできません。膨大な魔力を必要とすることもあるし、魔導師の能力次第では、治せないこともあります。そして魔力の使い過ぎは、魔導師の命を奪うことになります」

　キリクはそれを聞いて真っ青な顔になった。

「リ、リーブ様、お体は大丈夫ですか!?」

その反応に、リーブは吹き出して首を振った。

「これくらいは平気ですよ。この国の人達も、私は王妃だから、みんな遠慮して無茶な治療を要求することはありません。でもこの国で術者は私一人です。ですからみんな魔法には不慣れだし知識もありません。私が移動診療をこれから続けていく中で、少しずつ皆さんに理解を求めていくつもりです」

リーブの話を真剣な顔で聞きながら、キリクは腕組みをして考え込んだ。

「そういうことでしたら、やはりこれから続けていくかどうかは、一度バード様がお戻りになってから、話し合った方が良いのではないでしょうか？」

「そうですね」

リーブは素直に頷いた。リーブ自身、今までの経験も踏まえて、この国で一度やってみたいと思って、今回試してみた。

一通り町や村を回って、人々を治療できて、それ自体は本当にやって良かったと思っている。だが治癒魔法で治療された人々は、初めて見る魔法に驚き、奇跡の力だと平伏した。

そんな様子を見て、本当に続けても大丈夫なのだろうか？　という迷いが少し生じたことは事実だ。

こんな時、リーブにはバードを頼るという選択が、自然とできるようになっていた。

それだけバードの存在が大きくなっていたのだ。

「でも移動診療で忙しくしていたおかげで、ひと月があっという間に思えました。もうすぐバードが帰ってきますよね」

「はい、今のところ予定通りだという知らせが届いています」

キリクの言葉に、リーブは安堵したように微笑んだ。

「キリク様！」

そこへ兵士が駆け込んできた。

キリクは眉根を寄せて、兵士を睨みつけた。

「扉をノックもせずになんだ。リーブ様に失礼だぞ」

「あ、も、申し訳ありません。火急の知らせが参りましたもので……」

兵士はリーブに深々と頭を下げながら、ひどく慌てた様子で弁明した。

「火急の知らせ？　なんだ？」

「それが……今、第一兵団が帰港したとの知らせです」

「え!?」

その報に、リーブとキリクは驚いて顔を見合わせた。予定より八日も早い帰国だ。

たった今、その話をしたばかりだ。キリクのところに届いている知らせでは、まだ滞在国を出立したとは聞いていない。連絡の行き違いがあったとしても、船での航路だ。帰国を八日も早めるのは、よほど只事ではない事態が起きたのではと思わされる。

「まさか……バードの身に何か……」

「リーブ様、すぐにタージの港に参りましょう」

キリクは険しい表情でリーブに言った。


二人が馬を走らせてタージの港に到着すると、丁度第一兵団の船に、橋桁が取り付けられているところだった。

見たところ、船自体におかしな様子はない。降りてくる兵士達にも、変わったところはないように見えた。

「リーブ！」

一際通る大きな声に、リーブはびくりと反応した。橋桁を下りながら、大きく手を振るバードの姿が見えると、リーブは安堵して、大きく息を吐いた。とても元気そうに見えたからだ。

「バード！」

リーブは思わず駆け出していた。バードの下に駆け寄ると、バードはとても嬉しそうに笑って両手を広げた。

「リーブ！」

胸に飛び込んだリーブを、バードがしっかりと抱きしめた。

「会いたかったよ！」

「こんなに早く帰られるなんて、一体どうしたんですか？　何かあったのかと心配いたしました」

「お前に早く会いたかったからに決まっているだろう」

バードはニッと笑ってそう言うと、リーブに口づけをしたので、周囲の兵士達から歓声が上がった。


まだ明るい日差しが入る寝室で、睦み合う二人の姿があった。

透き通るような白い肌を朱色に上気させて、乱れる息で胸を上下させながら、リーブは目を閉じていた。バードが、乱れた長い金色の髪をひと房手に取ると口づける。リーブはうっすらと目を開けて、バードを見るとニッコリと微笑んだ。

「大丈夫か？」

「はい」

リーブは頷いた。二人は、ついばむようなキスを何度も交わす。

「愛している」

「私も……愛しています」

バードは、優しくリーブの体を抱きしめた。

「オレがどれだけお前に会いたいと思ったか分かるか？　一日としてお前のことを考えない日はなかった。お前は？」

問われてリーブは、クスクスと笑うだけで何も言わなかった。バードは苦笑した。

「オレのいない間に、リーブがいじわるになってしまったようだ」

「嘘ですよ。私も貴方のことをいつも考えていました。危ない目にあわないことを祈りながら」

二人は微笑み合って口づけを交わした。

「バード、本当のことを言ってください。八日も早く帰国した本当の理由は何ですか？」

「だから一刻も早くお前に会いたかったんだ」

「バード」

ふざけて誤魔化すバードに、リーブは真面目な顔になって問いただした。

バードは観念したようにひとつ溜息を吐いた。

「お前には隠し事ができないから正直に話そう」

バードは微笑みながらそう言ったが、その眼差しが笑っていないので、リーブは顔色を変えた。

本当に何かあるのだと思ったからだ。

「ガルボスという国は知っているか？」

「ガルボス……ええ、詳しくは知りませんが名前くらいは」

「そのガルボスが我が国を狙っているという噂を耳にしたんだ」

「え⁉」

リーブはとても驚いた。

「まさかそんな……世界中がもう戦争はしないと誓ったはずです」

「ああ、そうだな。そうあって欲しいと思うよ」

バードは穏やかに頷いた。しかし帰国を八日も早めたほどだ。バードには、そうさせるほどの情報が入ったのだろう。リーブは表情を硬くした。

「なぜガルボスがこの国を？　何か因縁でもあるのですか？」

バードは頷くと語り始めた。

北の大国ガルボスの民バルー族は、遥か昔、ナーガ族と同じ海賊だった。

ナーガ族は海の神の加護を受け、聖なる石の力と、豊かな土地のある島を手に入れ、正しく生きていく術を学んだ。

しかしバルー族は、武力を使って土地を手に入れ、侵略を続けて大国へとのし上がってきた。そうやって手に入れた北の地は、決して豊かな土地ではなく、侵略によって集まった国民達は、同じ意志を持つ民ではなく、常に不満と野心が渦巻き、安泰という言葉はなかった。

かつては同じ立場にあったナーガ族のその後の繁栄を羨み憎む気持ちが、バルー族の心の底に、ずっと根深くあった。

それが今頃になって、なぜシークを襲おうとまでの企《たくら》みに、なってきてしまったのか……。真実は分からない。

ガルボスには、以前よりよからぬ噂はあった。

警戒していたバードは、偵察隊を送り、ガルボスの動向を見張っていた。

その動きが最近激しくなり始めたため、バードは帰国を早めたのだ。

「ガルボスの目的は、この島を奪うことなのでしょうか？」

「分からん。豊かな土地が欲しいのならば、わざわざ遠い我が国まで来なくても、もっと他にもあるはずだ。我らナーガ族との因縁だけが理由とも思えない。普通に考えれば、どの理由も『侵略』という手を使うには弱く見える。それにガルボスが今まで侵略してきた小国と、我が国では国力が違う。我が国を侵略するとなれば、戦争は回避できない。お前も知っての通り、今の世界では、戦争を引き起こした国がどうなるか、知らぬ者はいない。万が一ガルボスが戦争に勝って我が国を手に入れたとしても、他国がそれを黙ってはいないだろう。そういう色々な観点から考えても、なぜガルボスが我が国に進軍するのか、理由は分からない……だが本当に動き出したのは確かだ」

「バード……ニーヴェリシアに助けを求めましょう。ニーヴェリシアが大軍を派遣してくれれば、抑止力になります。戦争を回避できます」

「だが今からでは間に合わない」

そう言ったバードの表情は硬かった。それだけ事態はひっ迫しているのだと知らされた。

「リーブ、お前を巻き込んでしまってすまないと思っている」

「バード……私達は夫婦なのですから、一緒に解決の道を探りましょう」

リーブの言葉に、バードは少し表情を和らげ、リーブの体を抱き寄せた。


執務室で、一人椅子に腰掛け考え込むバードの下へ、音もなく星詠みの爺達が三人現れた。

「長……とうとうこの時が参りました」

バードは、その声に顔を上げて、三人を見た。

「そうだな」

義務的な返事だった。星詠み達は黙って顔を見合わせた。

「今朝ももう一度先詠みを試みましたがダメでした……どうしてもこれからの未来を見ることができません」

「元々、そんなに先の未来など、確実に予言したことなどないではないか。お前達にできることは、石の言葉を聞くこと。石がオレの世の末を吉凶両方で現したのだから、後はどちらに向くのか、運命のままになるようにしかならんだろう……慌てても仕方ない」

バードは、低い声で呟くように言った。

「リーブ様にこのことは……」

「詳しくは話していない」

昔、バードがこの世に生を受けて、石により「次の長」として定められた時、同時に伴侶も定めた。「長」と「伴侶」は、常に対にて石より定められる。バードの「伴侶」として定められたのは「白き宝珠」だった。どこの誰でもなく、ただ「白き宝珠」という言葉のみ。

そして石は予言した。

バードが長として治める時代に、シーク国はその歴史において最大の苦難と危機に陥る大凶の時代を迎えることになると。様々な形で災いが起き、滅亡の危機にさらされるだろう……と。

しかし「白き宝珠」を、長が手に入れることができれば、すべての災いを回避することができ、シーク国の歴史において、最も繁栄する時代と変わるだろう……と。

あまりにも重き予言のため、これは星詠みとバードと、一部の重臣のみが、心の内に留めて置くこととなった。

「すでに疫病が、リーブ様によって蔓延することなく済んだと報告を受けております。リーブ様が紛れもなく『白き宝珠』であるという証拠でしょう」

「この分では、戦争もリーブ様のお力で回避できるのではないでしょうか？」

星詠み達が口々にそう囁いたが、バードは憮然とした表情のままで、何も答えなかった。

「やはり、このことは、事前にリーブ様にお話した方がよろしいのではないでしょうか？　すべての災いを解決するには、白き宝珠の力が必要なのだと」

「ダメだ」

バードは、少し声を荒らげて制した。星詠み達は、ビクリとなって身を竦めた。

「絶対にリーブに話してはならん！　オレに無断で、もしもこのことがリーブの耳に入れば、お前達全員牢《ろう》に幽閉するぞ」

「しかし……バード様」

「リーブにこれ以上、この国の運命を背負わせるわけにはいかない。『白き宝珠の力が必要』とは言うが、実際誰も、どうやって災いを回避できるのか、詳しいことは知らないじゃないか。疫病の回避は、たまたまリーブが白魔術を使えたからだ。だが、戦争をどうやって回避するというのだ？　もしも失敗してしまったら？　それもすべて、リーブのせいにするというのか？　我々が勝手に『白き宝珠』の力を当てにしているだけだ。何も回避手段もない今、この予言のみをリーブに知らせることは、絶対に許さん！　我等の国の運命は、我等国民が甘んじて受けるべきだ。もしも……国が滅亡することになったとしても……オレが、長として最善を尽くし、一族が絶えることのない方向を考える」

「分かりました」

星詠み達は、バードの言葉に従うことにした。

「それよりお前達に聞いておきたいことがある」

「なんでしょうか？」

「リーブにかけた石との呪縛の術は、どういう呪術なのか教えろ」

バードの言葉に、星詠み達はとても驚いて顔を見合わせた。


数日後、バードの下に伝令が届いた。

「長!! 大変です」

伝令を伝えにきた兵士が、血相を変えて駆け込んできた。

「慌てるな……何事だ」

「偵察に出ていた第五小隊隊長アロン様からの連絡です！ ガルボスの大艦隊が、わが国に迫ってきているとのことです!!」

兵士の言葉に、その場にいた家臣達は動揺の声を上げた。バードは落ち着いた様子で、渡された手紙を読んでいた。そこには艦の数やおおよその武装規模、及び予想航路や進行速度などが、綿密に報告されていた。それによるとあと二日ほどで、シーク国周辺海域に到着することになる。

「長！」

「長!!」

皆、バードの言葉を待った。

「……タージの港の北西沖に、第一兵団の艦を配置しろ。あくまでも見張りと威嚇としてだ。たとえ相手の艦が見えてきても戦いを仕掛けるな」

「はい」

「第二、三兵団の艦は、島の東西に配置……相手から見えない所で待機……ただ……あくまでも冷静かつ速やかにな。ヘタに走り回って騒ぎを起こしたりしないように……ガルボスの到着まで、まだ時間がある……それと、この件は、一切まだ民には知られないようにしろ」

「はい」

指示を受けた家臣達は、それぞれの役割を果たすべく去っていった。バードは深刻な顔で考え込んだ。

「リーブ、いよいよその時が来てしまったようだ」

その夜、バードがリーブに告げた。リーブは驚かなかった。

周囲が慌ただしかったことと、夜、部屋に帰ってきたバードの表情で、敵が近いのだろうと悟ったからだ。

「はい」

「明日、国民に避難勧告を出すつもりだ。もちろん詳細は伝えないが、危険なため全員を南に退避させる。そこでお前も一緒に南へ行って欲しいんだ」

「私はここに残ります。私にできることがあるはずです。貴方の助けになりたいのです」

リーブが険しい表情で反論すると、バードが微笑みながら頷いた。

「分かっている。だからお前に南へ行って欲しいんだ。我が国の民達は、素直に避難してくれないだろう。何しろナーガ族は戦闘種族だからな。オレはなんとしても戦争は避けたいと思っている。ガルボスとは、あらゆる手を尽くして交渉をするつもりだ。だから血気盛んな民達が、早まった行動を起こしてもらったら困る。お前にはそれを諌《いさ》めて欲しいんだ。民達にはお前を守って欲しいと言えば、大人しくお前のために南へ避難してくれるだろう。頼まれてくれないか？」

バードの話を聞きながら、リーブは考え込んだ。

「ひとつ教えてください。なぜ南なのですか？」

「デイルの港町は、タージと同じくらい大きな港なのに、他国の船が一隻も寄港しないだろう？　デイルの沖は、海流がいくつも複雑に交じり合い、年中嵐のようにうねっているんだ。普通の船は通ることができない。だがナーガ族は慣れているから、平気で通れるし、漁もできるくらいだ。万が一ガルボスに攻められても、南からは侵攻されないだろう。もしも島に上陸されたとしても、デイルの港から海へ逃げれば、ガルボスは手を出すことができない。もしもの時は、お前がニーヴェリシアに助けを求めてくれ。事が収まるまで、民達はデイル沖に避難させれば助かる」

「分かりました。そういうことでしたら、その役目を引き受けましょう」

リーブが力強く言ったので、バードは安堵したように頷いた。


翌日、全国民に、避難勧告が出された。バードの命令で、人々は速やかに南のデイル町周辺に移動させられた。民の中には、逃げずに共に戦いたいと申し出る者もいたが、バードはそれを許さなかった。

「リーブ……お前に頼みがある」

「なんですか？」

「ルフ村で、逃げるのを拒否して留まっている民達がいる。彼らを説得して、無事に避難をさせて欲しい」

「分かりました」

リーブは頷いた。

「バード……どうか無理はなさらないでください。交渉が決裂すると思ったら、速やかに貴方も皆と一緒に南へ来てください」

「ああ、分かっている。大丈夫だ」

バードはリーブに口づけた。


リーブは二人の兵士を伴って、中央の山岳部にあるルフ村に来ていた。立てこもっている者達を説得するためだ
リーブは馬を下りると、静まり返っている村の中を歩いた。

「貴方達は、ここにいてもらえますか？」

リーブは兵士にそう言って、自分の馬を預けた。家々の様子を窺いながら、中に人がいそうな所を探した。やがて一軒の家の前で、足を止めた。中に数人の人の気配が感じられる。

リーブはドアに近づくと、耳を澄ませて気配を窺った。向こうもこちらの様子を窺っているようだ。

コンコンとドアをノックした。もちろん反応など返ってくるわけもないのだが、リーブは根気よく何度かノックして、相手の出方を窺った。

「すみません……どうかここを開けてください。皆さんが私の話を聞いてくださらないと、私は帰ることができません。ずっとここで待ちますから、どうか気が変わりましたら、ここを開けてください」

リーブは、穏やかな口調ではあるが、よく通る凛とした声でドアに向かって告げた。しばらくして、ゆっくりとドアが開いた。

「宝珠様……」

ドアを開けた中年の男が、リーブを見て驚いたように呟いた。

「ここにいるのは私だけです……中へ入れていただけますか？」

リーブはニッコリと微笑んで、相手を安心させるように務めた。男はコクリと頷くと、リーブを中へ入れてドアを閉めた。

家の中には、男ばかり八人いた。みんなそれぞれ農業をしたり、なんらかの商売をしている普通の民だと思われたが、さすがナーガ族だけあって、立派な体格をしていた。

「宝珠様、どうぞこちらへ……」

ドアを開けた男が、部屋の中央に椅子を持ってきてリーブに勧めた。リーブは頷いて、その椅子に座った。男達は何か言いたげな様子で、リーブの出方を待っているようだ。

リーブはあたりをゆっくりと見回した。男達一人ひとりの顔を見つめる。

「私がここへ何しに来たのかは、もう皆様は見当がついていますよね」

リーブの言葉に、男達は顔を見合わせた。

「我々は、逃げるつもりはありません。今はもう兵士ではありませんが、ナーガ族の誇りは持っています。戦わずして逃げるなど、我々の本望ではありません」

リーブは男達の話を聞いて、静かに頷いた。

「そうですね……それは分かります」

「では……我々を兵士に加えてくださるように、長に言っていただけますか？」

リーブは男の顔をジッと見つめて、ゆっくりと首を振った。

「長は……初めから戦うつもりなどありません。ですから皆さんを兵士に加えることもできません」

リーブの言葉に、男達はどよめいた。

「戦わないだって!?」

それは彼等にとっては、信じがたい話のようだ。

「バード様は、勇猛果敢なお方だ。戦わないなんてあるものか」

「そうだ!!」

男達は口々に異論を唱えた。リーブは黙って聞いていたが、ひとつ咳払いをして皆を静めた。

「バードは……賢く聡明な方です。無益な争いは好みません。今の世で、正義のためでなく、私利私欲で、血で血を洗う争いをするのが、何よりも無駄なことだと、誰よりもご存知の方です。大切なシークの民を、そんな馬鹿らしい戦いに巻き込むことを、あの方は望んでいません」

リーブの凛とした声は、その場にいた男達を一瞬にして静めてしまった。

「しかし……それなら、なぜ我々が島の南へ避難しなければならないのだ」

「そうだ！　逃げるなど嫌だ!!」

「避難させたのではありません。戦いを避けようとしているバードの気持ちに反して、血気盛んな民達が、早まった行動を取らぬように、敵からできるだけ遠ざけようとしているだけです。現に貴方達のような者がいるではありませんか……ここに立てこもって何をなさるつもりだったのです？　バードが貴方達を兵士に加えてくれない場合は、どうするつもりだったのですか？　強硬手段でも取るおつもりでしたか？」

リーブの少し険のある言い方に、男達は何も言い返せなかった。

「それでもどうしても行くと言うのなら、まずここで私を倒してから行きなさい」

「宝珠様……」

男達は動揺して、互いの顔を見合った。リーブは立ち上がると、側にいる二人の男の手を左右の手でそれぞれ握った。

「死ぬことは決して勇気のある行動ではありません。生きることだって、とても勇気がいるのです。命を投げ出すことが立派な行いだとは私は思いません……どうか生きてください……どうか……お願いします」

リーブの乗った馬を先頭に、村に残っていた男達が続いて、一番後ろを二人の兵士が護衛する形で、避難場所へと向かっていた。

一方、バードはタージの港にいた。北西の水平線の彼方に、ガルボスの艦隊が小さく見えていた。もう肉眼で確認できるまでの距離に近づいている。

海上で迎え撃つ形で待機するシーク第一兵団の艦隊のおかげで、ひとまずガルボスの進行は、止められた。こちらの様子を窺っているらしい。バードは即座に、話し合いの場を持つべく使者を送った。その返事を待って、港に留まっていた。

「ラディ……ちょっといいか」

バードは腹心でもあり、親友でもある第一兵団団長のラドルカ・バスカスを、港に呼び寄せていた。

待機中の艦隊から、急いで港に戻ってきたラディを捕まえて、バードは人目を避けるようにして物陰へと隠れた。ラディは、バードを真似て、身を潜ませた。

「ラディ、使者がうまくやれれば、オレは単身で敵本艦へと乗り込む……話し合いが吉凶どちらに転んだとしても、オレはたぶん二度と戻れないだろう。たとえ、オレが戻らなくても、敵艦隊が退《ひ》いた場合は、決して後を追うな。それは話し合いが成立した証となる。しかし敵が進軍を開始した場合は決裂したということだ。その場合はお前の指揮の下に、第二兵団と共に、敵の進軍を阻止し、時間を稼げ……ただし深入りはするな。敵を全滅させようなどと考えるな。あくまでも時間稼ぎだ。第三兵団には、島の南側へ回り、民達を救助して、この島を捨てて逃げるように指示してある……そのための時間稼ぎだ。逃げ延びたと分かったら、お前達もすぐに撤退しろ。この辺の海域は、我々の方が利がある。かならず逃げ延びられる」

「バード……お前……まさか死ぬ気か!?」

バードはその言葉には答えなかった。

「今の件……分かっただろうな？　すべてお前を信じて任せるのだからな。絶対に戦って無駄な血を流してはならない。我らの血族を守ることが大切だ。もう昔とは違うのだ。ガルボスと刺し違えて命を落とすだけの価値は、今回の戦いにはないのだ。分かるな！　奴らの欲にまみれた謀略に、みすみす乗って我々の崇高な誇り高き戦士としてのプライドを汚されてはならない。後の者達に恥ずかしい歴史は残すな。この島が欲しいと言うのならくれてやれ……我々は石の導く新しき地で、また繁栄するのだ」

ラディは、苦悩の表情で両の拳を力いっぱい握り締めていた。

「ラディ」

「バード……分かった」

苦しげにそう答えると、ラディはバードを抱きしめた。

「ラディ……くれぐれも……リーブを頼む……」

「分かった……この命にかけて、かならず……」

ラディはそう言うと、バードから離れて足早に去っていった。バードも立ち上がると上を見上げた。抜けるように青い空が広がっていた。

胸元を探り、首から提げていた小さな小さな守袋を取り出すとジッと見つめた。その中には、遠征前こっそりと切り取ったリーブの金髪の小さな一房が入っていた。ギュッと手の中に握り締めると、胸に押し当てて目を閉じた。

今のバードが心から神に祈るのは、ただただリーブの身の安全だけだった。

リーブは、デイルの港町に辿り着いた。

すべての国民が避難してきていたため、もちろん全員は町の中に入ることができず、外に溢れていた。

人々は不安とイラ立ちで落ち着きがなかったが、リーブが姿を現すと、安堵したように鎮まった。

リーブは兵士達に案内されて、デイル町にある国内警備第一師団の兵舎へ入っていった。一室に入ると、そこには星詠み達がいた。リーブに深々と頭を下げる。

「皆様も無事に避難されたのですね」

リーブは星詠みにそう話しかけながら、部屋の中央に置かれた大きな箱の存在に気がついた。堅固な鉄の箱だが、幾重にもその中に箱が重ねられて入っているのが、見ただけでも分かった。力を感じる。恐らく中身は『石』だろう。自身からその箱に向かって光の糸が繋がっているのが見えた。

『石』も避難させたのだなと思った。

「リーブ様」

星詠みの一人が声をかけた。

「これを……」

星詠みは、古い巻物を差し出した。リーブはそれを受け取ると不思議そうに、渡してくれた星詠みの顔を見つめた。

「どうぞ開いてご覧ください」

言われるままにリーブは巻物を開いた。そこには古い文字で呪文が書かれていた。

「これは……」

リーブは驚いて息を飲んだ。

「我らは術をかけることはできますが、解くことはできません。ですがリーブ様ならできると……バード様からそれをリーブ様に見せるように言付かっております」

「え、でも……」

リーブは驚きながら、巻物と星詠み達と石の入った箱を、何度も見返した。

確かにもしもの時は、民と一緒にデイル沖に逃げるように言われた。だが石も一緒に避難するのならば、呪縛を解く必要はないだろう。なぜ今この時に、術書を見せられたのか分からなかった。

しばらく戸惑っていたが、ふいに何かが閃《ひらめ》いたように顔色を変えた。

「お返しします」

星詠みに巻物を返すと、部屋の外へ駆け出していった。

「リーブ様！」

気味が悪いくらいに静かだった。

空には雲ひとつなく、風もあまり吹かず、波も穏やかだった。海上に何十隻もの船が、睨み合って停泊しているとは思えないほどだ。

バードは、港で待っていた。

使者を送り出してから、随分時間が経ってしまっていた。

バードは波止場で一人腕組みをして、遥か海上に見えるガルボスの艦隊を見つめていた。その後の情報で、ガルボスは五年前、新しい王に代替わりしていたことが判明した。前王には子がなかったので、甥《おい》にあたるアッガイが王位に就いた。

そこには権力争いなどのかなりドロドロとした背景があったようだ。アッガイは、野心ばかりが大きい小物だとの噂だ。彼が王位に就いてから、良くない噂ばかりがたっていた。黒魔術師を側に置いているという話も聞く。欲深く、意外と単純なところがあるという。

直接話し合いに応じてくれれば、バードの説得でなんとかなるかもしれないと考えていた。わずかな望みがあるのならそれにかけたい。長の命と引き換えに、この場を退いてもらう算段だった。

話し合いが決裂し、見せしめとして殺されるのも覚悟の上だ。だがそれでも犬死にはならない。民を逃がすだけの時間稼ぎにはなるし、何よりリーブを縛っていた石の呪縛から解放してやることができる。

星詠み達には、リーブを国へ返せと言ってある。ラディにも頼んだ。もう何も案ずることはないと思った。後はもう何の迷いもなく、長としての使命を果たすだけだった。

「長!!」

キリクが走ってきた。

「使者が戻ってきました……話し合いに応じるとの返答です」

「分かった……参ろう」

バードは、頷くと歩き出した。


リーブは必死で馬を走らせていた。屋敷ではなく、港を目指していた。バードは港にいるはずだ。そんな確信があった。そしてとても嫌な予感がしていた。胸騒ぎがする。

「お願い……もっと急いで!!」

リーブは、何度も馬にムチを打った。濛々《もうもう》と砂煙を上げながら、凄まじい勢いで港へ向かって馬を走らせた。

「リーブ様!」

「リーブ様!!」

突っ込むように、リーブが港へと入ってきたので、兵士達は驚きの声を上げた。

「リーブ様」

騒ぎに気づいて、キリクがリーブの下へ走ってきた。

「一体……どうなさったのですか？　デイルに行かれていたのではないのですか？」

「キリク!!　バードは？　バードはどこにいますか？」

リーブは馬から飛び下りると、キリクに懸命になって問いただした。

「バード様はこちらにはいらっしゃいません」

「嘘です!!　ここにいるはずです！　会わせてください!!」

キリクは困ったように、しばらく黙り込んだ。リーブのあまりにも必死な様子に、どう答えるべきか迷っているようだ。

「キリクさん!!」

「一足遅かったです。つい先程……バード様は、話し合いのために敵艦へお一人で、向かわれました」

そう言ってキリクが指し示した先には、小さな一隻の船があり、港の外へと出ていくのが見えた。

「あ……」

リーブは、声もなく立ち尽くした。

「話し合い……バードは……それだけのつもりではないのでしょう？　ガルボスが、バードを生かしておくとでも？　なぜ止めなかったのです!!　一人で行かせるなんて……」

「リーブ様」

どうすればいいと言うのだろう。リーブは気が動転してしまっていた。必死で気を静めようと目を閉じた。意識を集中させて、何かを感じようとしていた。海の向こうから、とても邪悪な気を感じる。

「ダメだ……彼等は話し合いに応じるような気は初めからないのだ。このままではバードが……ああ……どうすれば……」

リーブは泣きそうになるのを必死でこらえた。今、ここで取り乱して泣いている場合ではないのだ。バードを敵艦へ向かわせてはならない。先程精神を飛ばしてみたせいか、色々な言葉が次々と頭の中に飛び込んでくる。敵の陰謀を臭わせる卑劣な言葉も混ざっていた。

バードの声も聞こえる。リーブを救って欲しいと神に祈るバードの声……。

リーブは、無意識に体が動いていた。馬に再び乗ると、走り出していた。キリク達が、リーブを止めようと叫ぶ声が遠くでした気もするが、リーブには届いていなかった。


リーブは無意識に、バードとの想い出の岸壁へと来ていた。馬を下りると、崖の先端まで歩いた。

ゆっくりと周囲の海を見渡した。高台にあるので、かなり遠くまで見渡せる。右手奥にガルボスの艦隊が見えた。

目を凝らして見ると、バードの乗る船はまだシーク第一兵団の艦隊よりも手前にいた。リーブは目をつぶりながら、大きく深呼吸をすると、両手を真っ直ぐ前に突き出した。心を落ち着けて、呪文の詠唱を始めた。それはとても長い長い呪文だった。息継ぎも忘れたように、朗々と詠唱を続けた。


「長‼　突然海が荒れ始めました……気をつけてください」

「凪も吹いていないというのに、妙だな……」

バードの乗る船は小さいため、高い波に飲み込まれそうになりながら大きく揺れていた。バードはマストの大きな柱を掴んで、体を支えた。しかし波は収まる様子もなく、どんどん荒れる一方だった。

「長……これ以上外海に出るのは危険です……港に戻りましょう」

「しかし……」

バードは、前方のガルボス艦隊を見た。高い波が来るたびに、視界から消えてなくなる。

確かにこの海の荒れ方は尋常ではない。バードの船どころか、第一兵団の艦隊も、隊列を作ったままでは互いにぶつかり合う危険性もある。

「港へ戻れ……第一兵団にも、後退するように指示を出せ」

「はい！」

兵士の一人が、合図とする煙玉に火を点《つ》けた。煙玉はパンッと弾けて空高く飛び上がると、黄色の煙の筋を空に描いた。第一兵団の団長・ラディは、すぐにそれを確認すると、艦隊の後退を命令した。

バードの乗る船は高波に揉《も》まれながらも、なんとか方向を変えて港へと戻り始めた。

「陛下！　シークの艦隊が、後退していきます。王の乗った船も、港へ戻っていくようです」

「なんだと!!」

ガルボスの王は、その知らせに激怒して立ち上がった。しかし大きな揺れがきたため、よろめいて床に尻餅をついた。

「陛下、海が荒れ始めました、シークが後退したのもそのためだと思われます」

「このままでは危険です。我らが艦も後退いたしましょう！」

「ならん!!　このまま港へ近づけ！」

「陛下！　海の荒れ方が尋常ではありません、嵐が来るのかもしれません!!　このままここにいては、艦同士が衝突してしまいます。危険です！　島から離れ後退のご命令を!!」

部下達は口々に王に対して、後退の指示を求めた。しかし王は怒りで肩を震わせながら、椅子に支えられるようにしてなんとか立ち上がると、何度も首を振った。

「ここまで追い詰めておきながら後退するなどならん!! 風はないではないか!! 嵐など来ない!! このまま前進して攻撃可能範囲まで距離を縮めるのだ!!」

家臣達は動揺を隠せない様子で、顔を見合わせた。


リーブの詠唱はまだ続いていた。額には玉のような汗が光り、幾筋も流れ落ちていた。リーブの唱える呪文は、涼やかな海風に乗って流れていく。港の外海では、大波が次第に渦を作り始めていた。バードの乗る船は、港へと戻っていた。その後を追うように、第一兵団の艦隊も次々と港へと入ってきた。

港の中は外海の荒れが嘘のように穏やかだった。

「一体……どういうことだ……」

バードは船から下りると、海の方を眺めながら呟いた。

「バード様!!」

そこへキリクが駆けてきた。

「どうした」

「先程、ここへリーブ様がいらっしゃいました」

「……それで？」

「それが……バード様が、敵艦へ向かわれたことをお知りになるなり、突然馬を走らせてどこかへ行ってしまわれました。館へ様子を見にいったのですが、リーブ様は戻っていらっしゃらなくて……一体どこへ行かれたのか……」

キリクの話を聞きながら、バードは考え込むように眉間にしわを寄せた。そしてハッとしたように、もう一度海を見た。外海が荒れ狂い、ガルボスの艦隊が揉まれているのが見える。普通では起こりえない現象だ。普通では……。

「馬を引け！　オレが探しにいく！」

「は……はい」

「バード様!!!　あれを!!」

側にいた一人の兵士が驚きの声を上げた。バードがその方を見ると、港の外海に異変が起きていた。高い山のように、海面が大きくせり上がり、港の外を覆っていた。まるで水の壁のようだ。すでにこちらからガルボスの艦影を見ることはできなくなっていた。

「一体これは…………」

バードは驚きながらも、それは確信に変わっていた。

「リーブ！」

バードは引いてきた馬に急いで跨《また》がると、勢いよく走り去った。

どんどん大きくなる波の壁を、驚愕の表情で見つめていたのは、ガルボス側も同様だった。王は、ただ呆然と迫り来る水の壁を船内の窓から見つめていた。

「陛下、まちがいありません。とても強力な魔力を感じます。やはりこちらの予想通り、シークの新しい王妃は『カリフの民』に違いありません」

黒ずくめの怪しげな風体の男が、とても静かな声で、ガルボスの王アッガイの耳元でそう告げた。

立っていられないほど大揺れの船内で、アッガイは柱にしがみつきながら、ひどく焦った様子で、黒ずくめの男を睨みつけた。

「ならばやはりなんとしてでも、王妃を奪わなければならないではないか！　何をしている！　お前が魔術でこの嵐を静められないのか！」

アッガイは必死で柱にしがみつき、顔を真っ赤にして怒鳴った。

黒ずくめの男は、平然とよろけることもなく立っている。

「恐れながら陛下、私はこれほど強い魔力は持ち合わせておりません。だからこそ、『カリフの民』が必要なのです。これでお分かりになったでしょう？　伝説の大賢者セリウスと同じ血を引く『カリフの民』の生き残りが確かにいるのです。その者を手に入れれば、世界は陛下の意のままです」

「おのれナーガ族……何から何まで、我らが欲するものを手に入れおって……『カリフの民』まで……」

巨大な水の壁は、島ではなくガルボスの艦隊の方へ次第に近づいてきていた。それは決して気のせいではなかった。

ゴォォォォッという轟音《ごうおん》が迫ってくる。

「へ……陛下……直ちに撤退を!! このままでは波に飲み込まれます！ 陛下!!!」

国王を見限って、家臣達は逃げ始めた。国王の乗る艦以外の艦は、一斉に方向転換を始めた。国王の艦からは、次々と脱出の小船が海へと下りていき、我先にと海へ飛び込む人々で溢れた。

やがて轟音と共に巨大な波が、ガルボス艦隊へと押し寄せると、凄まじい勢いで艦隊を飲み込み押し流していった。艦隊はまたたく間に遥か遠い外海まで流された。

水圧で多くの船は破損し、人々も海に飲まれていった。それはあっという間の出来事だった。


「リーブ!! リーブ！」

バードは、一路二人の思い出の岸壁へ馬を走らせていた。近づくにつれ不安に駆られながら、バードは必死にリーブの姿を探した。前方の崖の先端に白い人影を見つけた。バードは馬にムチを打って、更に加速をつけた。

「リーブ!!」

転がるように馬から飛び下りながら、リーブの下へ駆け寄った。リーブは、無心で呪文を詠唱していた。その時、遠くで轟音が轟《とどろ》いた。

バードがその方を見ると、島の沖合で巨大な津波が発生しているのが見えた。その波は、島の方ではなく、自然の摂理に逆らうように、外海へと向かって轟音と共に動いていた。そしてガルボスの艦隊を飲み込むと、白い飛沫《しぶき》を上げながら、遥か沖まで物凄い速さで流れ去っていった。

こちらから見ていると、ガルボスの艦隊が、小さな木の葉のように見えて、とても脆《もろ》く儚《はかな》かった。

一瞬のことだった。音が止み、やがて静寂が訪れた。

ガルボスの艦隊は、シークの沖にはもう微塵《みじん》も残っていなかった。遥か遠く水平線際に、点々と何かが見えるという程度だ。

バードはそれを呆然と、しばらくの間見つめていた。その時、ドサッという音が側でして、バードは我に返った。振り返ると、力尽きたように、リーブがその場に倒れていた。

「リーブ!!」

バードは叫びながら駆け寄ると、その身を抱き起こした。

「リーブ！　リーブ!!」

バードが懸命に名前を呼んだが、反応はなく、青白い顔は生気を失っていた。


目が覚めると、見なれた天井がそこにあった。ぼんやりとしばらくの間その天井を眺めていた。柔らかなそよ風が頬をかすめたので、顔を動かして窓の方を見た。窓の外は明るく、光る緑が遠くに見えた。鳥のさえずりも聞こえる。甘い薫りが鼻をくすぐる。

見るとベッドの回りにはたくさんの花が飾られていた。淡いピンク色のそれは、リーブの好きな花だった。部屋中にむせ返るような甘い薫りが満ちていた。リーブはようやく意識がハッキリとしてきた。

ここはまちがいなく、今や住みなれた自分の家ともいうべき場所で、バードとの寝室だった。体を起こそうとしたが、まるで鉛のように重い体は、思うように動かなかった。苦しげに吐息を吐きながら、ようやくの思いで半身を起こした。ミシミシと体のあちこちが軋《きし》む。

「ん……」

リーブは苦しくて思わず唸った。まるで自分の体ではないようだ。顔にかかる髪を掻き上げようとして自分の手を見て驚いた。

透き通るように白いその手は、筋肉が落ちてほっそりとしていた。手首など骨が浮き出るように、ガリガリに痩せている。

一体どういうことなのだろう。

リーブは驚いて、自分の体を探った。元々痩せてはいたが、胸も腹もすっかり肉が落ちてしまっている。これでは力が出ないはずだ。体をひとつ動かすのも、一苦労なのは当然だ。

変わり果てた自分の姿に呆然としながらも、一体何があったのだろうと考えているうちに、ガルボスのことを思い出してハッとした。そういえば、あれからどうなったのだろう？　バードは？　思い出そうとするが、バードが敵艦へ向かったと知った後、それを止めるために無我夢中で何かをした……ということ以外何も覚えていなかった。頭痛のする頭を抱えながら、大きな溜息を吐いた。

その時、カチャリと寝室のドアが開いた。

水差しを抱えたアイシャが入ってきて、リーブの姿を見るなり驚いて持っていた水差しを床に落とした。パリンと水差しが割れて床を濡らす。アイシャは両手で口を押さえながら、小さく震えていた。

「アイシャ……」

リーブはかすれる声で、その名を呼んだ。

「リーブ……さま……」

アイシャは我に返り、駆け去っていった。

「バード様!!　バード様!!」

　廊下を走りながら、バードの名を呼び続ける声が聞こえてくる。それを聞いて「バードは無事なのだ」とリーブは思った。

　しばらくしてドタドタという騒がしい足音と共に、バードが走ってきた。バンッと荒々しくドアを開くと、息せき切って寝室へと駆け込んできた。

「リーブ!!」

　なんだか懐かしく思える声だった。低く優しい声。少し痩せたかも……と思ったその顔は、それでもあいかわらず精悍《せいかん》で凜々《りり》しいと、リーブはしみじみと思った。

「バード……ご無事だったのですね……良かった……」

　リーブは心からそう呟くと、ニッコリと微笑んだ。バードが泣きそうだ……とリーブは思った。本当にそんな顔をしていたからだ。

　バードは無言のまま駆け寄ると、リーブの体を強く抱きしめた。大きく広い胸……大地と太陽の匂いがするその胸に、リーブは顔を埋めた。愛しい人……リーブは心から思った。

「良かった……良かった……」

　バードが耳元で、何度も何度もそう呟いていた。

「半年……そんなになるのですか？」

リーブは驚いて目を丸くした。ベッドの横に椅子を置いて座るバードが頷いた。バードは、その大きな手で、ぎこちなく果物の皮を剝《む》くと、ナイフで小さく実を切って、リーブに差し出した。リーブは思わず微笑んで、それをひとつ食べた。

「お前がずっと目を覚まさないから……もうこのままなのかと思っていた」

バードは小さく呟いた。本当に、何度も絶望したのだろう……バードはそれを思い出したくないのか、辛《つら》そうな表情をした。

崖の上で倒れたリーブは、その後バードに助けられ、館に運ばれて医者の治療を受けたが、その体はとても衰弱していて、今にも死んでしまうかもしれないと危ぶまれた。

なんとか持ち直したものの、その後深く眠ったまま、まったく意識が戻らなかった。星詠みの爺が、「魔力を使い過ぎて、心が壊れてしまったのかもしれない」と不吉なことを言ったので、バードは絶望していたのだ。

バードはそれを信じたくはなかったが、実際半年も目を覚まさないリーブを見て、本当にそうなのかもしれないと思い始めていたところだ。

「心配をかけてすみませんでした」

「いや……お前が今こうしてオレの前で微笑んでくれている……それだけでもういいんだ」

バードは心からそう思って言った。

「バード……私に口づけをしてください」

「ああ……何度でも……」

バードはベッドに身を移すと、そっとリーブの体を抱きしめて優しく口づけをした。何度も何度も、ついばむような口づけを交わした。


バードの話によると、リーブが起こした津波で、ガルボス艦隊は全滅し戦争は回避されたという。敵とはいえ人を殺《あや》めてしまったことをリーブが悲しんだので、「大丈夫だよ」とバードは宥めた。

リーブを館に運んだ後、バードの命令で、第一兵団が敵の捜索へと向かった。

かなり遠くまで流されていたガルボス艦を発見し、海へと投げ出された生存者を救出し、破損の激しい船の修理も手伝った。当然戦いは不能だが、かろうじて航行できるまでに修復をして国へと帰っていった艦は半数近くあったという。兵士達も八割は生存していたとの報告だった。

ただし、国王は最後まで見つからなかったらしい。

ガルボスとは、その後音信不通となり、新しい王が就いたのかさえも不明だった。

「お前は我々の国も、ガルボスの人々も救ったんだよ」

バードは胸に抱いたリーブの髪を撫でながら、優しくそう告げた。

「だが……もう二度とこんな無茶はしないでくれ……お前を亡くしてしまっては、オレは生きてはいけない……こんな思いはもうたくさんだ」

「……あなたこそ……あの時、死ぬつもりでいたではないですか……私だって、あんな思いはもう二度とごめんです……死ぬ時は……一緒でなければ嫌です。私をひとり残さないでください」

リーブがそう言って涙を零したので、バードは、濡れたリーブの頰に口づけた。

「分かった……約束する」


「宝珠様、お出掛けですか？」

「宝珠様、お元気そうで何よりです」

散歩に出たリーブに、道行く人々が次々と声をかけた。すっかり元通りになったリーブを、皆が笑顔で見送った。

「今日はお一人ですか？」

「ええ……一人ですよ」

リーブはニッコリと笑って答えた。ゆっくり馬を歩ませながら、あちこちを見て回った。

「きっともうすぐ、血相を変えたバード様がお通りになるよ」

畑仕事をしていた中年の女が、隣にいる夫にヒソヒソと囁いて笑った。夫は肩を竦めてみせた。しばらくして馬が駆けてくる音がした。

「おい、こっちにリーブが来なかったか⁉」

「はい、先程あちらの方へ行かれましたよ」

女が最後まで言い終わらないうちに、バードは再び馬を走らせた。

「ね？」

女が笑いながら、夫に目配せしたので、夫も大笑いした。

バードはやっとのことで、リーブに追いついた。

「リーブ！」

「バード……そんな血相変えてどうしたのですか？」

リーブは馬の脚を止めると、バードの方を振り返って呆れ顔で言った。

「ちょっと元気になると、すぐそうやって勝手に出掛けるのだから……心配するではないか」

バードは馬をリーブの横に付けて、身を乗り出すようにしてリーブに文句を言った。

「そんな、もうすっかり元通りだと言ったではないですか……むしろバードがあんまり甘やかすから、ちょっと太ってしまったくらいですよ……筋肉もつけないとと思って色々動き回っているのです」

「剣の相手をしてやっているではないか」

「……手を抜くくせに……」

リーブは口を尖《とが》らせて言うと、プイッと前に向きなおり馬を進めた。

「どこに行くのだ？」

「あの場所に……」

「ではオレも行く」

バードも並んで馬を進めた。リーブは呆れ顔で、バードの横顔を見つめた。そして大きく溜息を吐いた。

「まあ……止めても聞かないのは分かっていますが……公務はいいんですか？」

「お前のことが優先だ……それは皆も承知している」

「そんな……自信満々な顔で威張って言わないでくださいよ……まったく……」

リーブは苦笑しながら呟いた。二人はそのまま「思い出の岸壁」へと向かっていた。二人が初めて、互いの気持ちを確かめ合った場所だ。そしてリーブが、シークを守るために命をかけた場所でもある。

近くで馬を下りると、二人は崖の先端まで歩いていった。涼やかな潮風が二人を包む。リーブは遠い水平線を眺めながら、気持ち良さそうに深呼吸をした。バードがその体を、黙ってそっと後ろから抱きしめた。リーブは目を閉じて、しばらくバードの腕の中に身を委ねていた。

「……何を心配なさっているのですか？」

リーブが小さな声で囁いた。バードは聞こえているが、何も答えなかった。

「私は貴方の側に一生いますと誓ったでしょう？　なのに、何をそんなに不安そうにしているのですか？」

リーブは振り返って、バードの顔を見ようとした。しかしバードは、リーブを抱きしめたまま、体を少しかがめてリーブの肩に顔を埋めるようにして、首筋にそっと口づけた。

「バード……」

バードはすぐには答えずに、考え込んでいた。

「お前が……ニーヴェリシアに書簡を送ったと聞いた……聖教会が、お前の所在を知れば、きっと取り戻しにくるだろう……石の呪縛を解く方法は、すでにお前も知っているはずだ。……呪縛を解けばお前は、国へ帰ることができるのだ」

「なんて馬鹿なことを……」

リーブは小さく呟いて、溜息を吐いた。

「貴方は、まだ私の貴方への愛を信じていないのですか？　一生側にいると言ったのを信じていないのですか？　私が貴方を置いて、国へ帰ってしまうと？」

バードは顔を上げると、リーブの肩を摑んでクルリと自分の方へ振り向かせた。

「では……ではなぜ書簡を送ったのだ……」

「いくらなんでもこのまま行方不明のままでは、皆に迷惑をかけてしまうからです。私の無事を知らせた上で……永遠の別れを告げました。そして大聖官の称号である『ルー』の名をお返ししました。証である『金の鍵』も……書簡は私のマスターである現大聖官に宛てたものです。もうこれで、私はただの『リーブ・ヴァーリィ』です……いえ……新しい名を……リーブ・アグラ・シーク……ですよね？　これからは……貴方が私のマスターなのですから……」

リーブはニッコリと微笑んで見せた。バードは愛しそうに、その顔を大きな両手で包み込み、武骨な親指でその頰を撫でた。

「本当にそれでいいのか？」

「……何度、私に誓わせれば気が済むのですか？」

「愛している。オレの全霊をかけて、お前を愛しぬく……生涯ただ一度……ただ一人。お前だけを……」

「愛しています。初めて私に愛することを教えてくれた貴方、誰よりも愛しています。これからもずっと……私の王様は貴方だけ…」

バードは、唇を重ねた。深く深く、何度も唇を吸って、互いに求め合った。やがてバードが顔を離すと、リーブは潤んだ瞳でバードを見つめた。

「もう……すっかり体はいいのだろう？　半年以上我慢しているのだ……そろそろいいだろう？」

バードの囁きに、リーブは頬を染めた。

「……続きは……館に帰ってからに……してください……それくらい我慢できるでしょう？」

「……いや……もう一秒たりとも我慢はできん」

「バード！　こんな所で……あ……」

バードに強く首筋を吸われて、リーブは吐息を漏らした。

「どうする？　……館まで我慢するか？」

「……なんていじわるな人なんだろう……もう……答えは分かっているでしょう？」

リーブは甘く囁くと、バードに口づけをした。

「では……遠慮なく……」

バードは、笑みを浮かべながら、リーブの口づけに応えると、そのリーブの体を柔らかな緑の下草に横たえた。

バードの統治は、その後四十七年続き、シークの歴史上、最も長く、最も繁栄した時代として記されることとなった。そして最も仲の良い夫婦だったというのも、追記として歴史に記されたかどうかは定かではない。

しかし後に残されたナーガ記には、次のような件が記されていた。

偉大なる長・バード・アグラが、その天命を全うして、安らかに永遠なる眠りに就くのを、その伴侶・白き宝珠リーブは見届け、まもなく自らも後を追うように安らかに逝《い》ったと……。その顔はとても美しく、幸せな夢を見て眠っているようだったと。

二人の話は後々の世に、最も美しい愛の物語として語り継がれることとなった。

後日譚

「バード、お呼びですか？」

バードの執務室にリーブが入って来た。にこやかな表情のリーブとは対照的に、部屋の主であるバードは憮然《ぶぜん》とした様子で、椅子にふんぞり返って座っている。

「リーブ！　これを見てくれ」

バードが大きな声でリーブに呼びかけた。

「は、はい……なんでしょう？」

リーブはゆっくりとバードの側《そば》へ来て、バードが指差す机の上に山積みになっている書簡を見た。

「これは？」

「シーク中の町や村からの、お前に来て欲しいという嘆願書だ」

「嘆願書？」

「あの事件の後……リーブ様がお倒れになられて、バード様が国中に御布令《おふれ》を出されたのです。今後一切リーブ様の移動診療を中止すると……でもリーブ様が回復なさってから一年が経《た》ち、すっかり元気になられたと聞いて、移動診療の再開を願う嘆願書が届いているのです」

バードの代わりにキリクが説明をしてくれた。

「こんなにたくさんですか？」

リーブはそれを聞いて、目を丸くしながら書簡の山を見つめた。ざっと見ても二十以上はある。それこそ本当に島中の町や村から来ているようだ。

「そんなに病人や怪我人《けが》で溢《あふ》れかえっているのですか？」

リーブが顔色を変えて案じていると、バードが腕組みをしながら大仰に首を振ってみせた。

「違う違う……そうではない。みんなお前に会いたいだけなのだ。お前は我が国を救ってくれた救世主の大賢者様だ。一目お前の姿を見てご利益を賜りたいと思っているだけだ」

それを聞いたリーブは、益々驚いて目を見開き、キリクへ視線を向けた。キリクは苦笑しながら頭を掻《か》いている。概《おおむ》ねそんなところだとキリクも思っているようだ。

「私は別にかまいませんよ。実は私も移動診療を再開したくて、バードに相談しようと思っていたところでした。でもいつの間に中止命令なんて出していたのですか？　私は聞いていませんよ？」

「お前だって、オレの留守の間にそんなことをしているなんて言わなかったじゃないか」

「それは……だってあの時は、貴方《あなた》が戻るなり事件が起きてしまって……私もすっかり言うのを忘れてしまったのです。それなのに貴方は一体いつ中止命令を出したのですか？」

「オレは……お前が倒れてすぐだ。その前に移動診療の報告はキリクから聞いていたからな」

「まあ……まあまあお二人とも、夫婦喧嘩《げんか》はよくありませんよ」

キリクが二人の間に入って仲裁をした。

「バード様もそんな頭ごなしに言わなくてもよろしいではないですか。私がご報告した時は、リーブ様の働きぶりを感心なさっていたでしょう？」

「だがオレは知らなかったんだ。魔力を使いすぎると、魔導師の体に負担がかかるなど……そうだ！　お前があんなすごい魔術を使って倒れた時は、本当に心配したんだぞ？　お前が目覚めた後にも言ったが、今後一切魔術は禁止だ！」

バードに怒鳴られて、リーブは不満そうに眉根を寄せたが、心配をかけてしまったのは、悪いと思っているのですぐには言い返せなかった。口を少し尖《とが》らせていると、バードも眉間にしわを寄せて、ムッとした表情でリーブを見つめた。

「でもあの時は……貴方を助けたい一心だったから……」

リーブががくりと項垂《うなだ》れてそう呟《つぶや》いたので、泣かせてしまったのかと思ったバードが、顔色を変えて前のめりにリーブの様子を窺《うかが》った。覗《のぞ》き込もうとしたが、リーブの顔が見えない。

「いや、まああの時は……確かにオレも悪かった。お互いに謝って仲直りしたじゃないか」

バードは酷《ひど》く焦りながら宥《なだ》めるように、優しい声で話しかけたが、リーブは項垂れたままだ。

「私だってこの国のために何かできればと考えて……移動診療をして、みんながとても喜んでくれたのが嬉《うれ》しかったし……でも今後も続けるために、バードに相談したいと思っていたのに……」

リーブが項垂れたまま、悲し気な声でそう呟くように語るので、バードは更に焦りの色を浮かべた。

「分かった。話し合おう。オレだって、別に移動診療が悪いなんて言ってない。お前の体を心配しているだけなんだ……怒鳴って悪かった。オレが悪かったから機嫌を直してくれ」

バードは立ち上がってリーブの側まで歩み寄ると、執務室の中央に置かれたソファへ、リーブを連れて行き座らせた。自分も隣に座る。するとリーブが顔を上げて、バードにニッコリと微笑《ほほえ》みかけた。

「では私の話を聞いていただけますね？」

「お……おう……」

バードは戸惑いながら頷《うなず》いた。

「移動診療については、私はとても良い結果だったと思うので、これからも続けていきたいと思っています。でも反省点があります。それは前回、あまりにも魔術を使って治療をしすぎたという事です。この国の人達は、魔術が珍しいので、私が奇跡を起こしたように思わせてしまいました。これはあまり良い事ではありません。それで今後の移動診療には、主に薬を使って行う事にします」

「薬？」

「はい、実はここ数ヶ月かけて、コツコツと薬を作っていました。材料はすべてこの国で採れる薬草です。それを私の魔術を使って調合した特別な薬です。表向きは、この国の医者が処方する薬とあまり変わりませんが、効能は魔術を使ったものなので、何倍も効き目があります。それに薬の種類もたくさんありますので、この国にある薬よりも、様々な病気の症状に合わせて使えると思います」

バードは腕組みをしてしばらく考えた。

「ではお前は診療先で魔術は使わないのだな」

「はい、出来る限り使わないようにするつもりです」

「その薬があれば、我が国の医者でも同じように治せるのだな？」

「はい、ですから城下町のお医者様や各兵団の軍医様達にも、薬を分けたいと思っています」

「じゃあ、お前が移動診療に行く必要はないじゃないか」

「バード……私が移動診療をするのは……」

「分かってる。分かってるよ！　ちょっと意地悪で言ってみただけだ」

バードが首を竦《すく》めながら苦笑したので、リーブは目を丸くした。

「じゃあ……」

「ああ、良いよ。移動診療に行って……お前は言い出したら頑固だし、嘘《うそ》泣きをするし、オレには止められそうもないからな」

バードがそう言って大きな溜息《ためいき》を吐《つ》くと、リーブが笑顔でバードに抱きついた。

「ありがとうございます！　バード！　貴方は本当に理解のある王様です」

「礼なら口づけでもいいぞ」

バードがニッと笑って言ったので、リーブは少し赤くなって、苦笑しながらバードに軽く口づけた。

それを見守っていたキリクは、ほっとした様子で笑みを浮かべた。

「バード様、ザイ様をお呼びしますか？」

「ああ、呼んでくれ」

キリクはすぐに部屋を出て行き、しばらくしてザイを伴って戻って来た。

「陛下、お呼びでしょうか？」

ザイが現れたので、リーブはバードから離れようとしたが、バードが腰を抱き寄せたので驚いた。

「バ、バード！」

「ザイ、またリーブが移動診療の為に島中を回るから、お前も一緒に回ってリーブを護衛しろ」

「はい、かしこまりました。この身に代えてお守りいたします」

ザイはまったく動じる様子もなく、真剣な顔で一礼をした。

リーブは恥ずかしくて、バードから離れようともがいていたが、そうすればするほどバードは腕の力を強める。

「バード！　いい加減にしてください！　ここは執務室ですよ？　家臣の前でこんなこと……恥ずかしいとは思わないのですか？」

「リーブ、オレはザイに釘《くぎ》を刺しているだけだ」

「釘？」

リーブとキリクが同時に首を傾《かし》げて呟き、ザイまでもが少し不思議そうな表情を浮かべた。

「リーブはオレのものだから、懸想をしたりするんじゃないぞってな」

「はあ？」

思わずリーブとキリクが同時に驚きの声を上げた。ザイも目を丸くして直立不動になっている。

「バード様……まかり間違ってもザイ様に限ってそのようなことはあり得ません」

キリクが苦笑しながら言ったので、バードは眉根を寄せてキリクとザイを交互に見た。

「どうしてそんなことが言える」

「だってザイ様はシークで一番の堅物……鋼鉄のザイという異名まであるほど、『ど』が付くほどの生真面目《きまじめ》で、職務に忠実で、王への忠誠心も厚いお方ですよ？　リーブ様に対してそんな……」

「だがリーブは誰もが見惚《みと》れるほどに美しく、とても魅力的だ。ザイはまだ若い。絶対無いとは言い切れないだろう」

「お、お言葉ですが陛下……」

それまで黙っていたザイが慌てて口を開いた。

「私の命に掛けて、決してそのような想いを抱かないとお誓いいたします」

ザイがとても真剣な顔ではっきりと言い切ったので、キリクが「ほらね」という顔でバードを見た。

「なんだろう……」

するとと今度はリーブがぽつりと呟いた。

「なんかそこまではっきりと言われると複雑な気持ちになりますね……ザイさんってとても綺麗《きれい》な顔立ちをしているから、私の方が懸想するかもしれないじゃないですか」

「リーブ!!　なんてことをいうんだ!!」

バードが飛び上がって驚いたので、リーブは思わず吹き出していた。

「冗談に決まっているでしょう？　本当に貴方と言う人は……」

リーブはクスクスと笑いながら、バードの頬《ほお》に軽く口づけた。

「ザイ様、二人の事は放っておきましょう」

キリクが呆れ顔でそう言いながら、困惑した様子で立ち尽くしているザイをうながして、執務室を後にした。

「い、いいのですか？」

ザイが少しばかり焦った様子で、執務室の方を気にしているので、キリクは苦笑してザイの肩をぽんぽんと叩《たた》いた。

「いつものことです。巻き込まれるだけですよ？　お二人が仲睦まじいのは、我が国の平和の証《あかし》と思って諦めましょう」

キリクがそう言いながらもとても嬉しそうなので、ザイも納得したように頷いた。

シークはとても平和のようだ。

あとがき

こんにちは。飯田実樹《いいだみき》です。「我《わ》が王《おう》と賢者《けんじゃ》が囁《ささや》く」を読んでいただきありがとうございます。いかがでしたか？

この作品は昔、私の個人サイトに掲載していた初めて書いたファンタジー小説「Ｙｅｓ　Ｍｙ　ｍａｓｔｅｒ」を原案にして、新たに書き直したものです。私にとっての原点のような作品で、大変思い入れのある作品です。担当様に無理にお願いして、書籍化していただきました。本当に嬉《うれ》しいです。書籍化にあたり改めて昔の作品を読み返したのですが、本当に恥ずかしかったです。でも初心に返ることが出来ました。ファンタジーが好きで、自分で書いてみたいと思って初チャレンジしたので、自分の書きたいと思っていたことを一杯詰め込んだ作品でした。文章は稚拙ですが「ファンタジーが好き」という熱量があったので、それを崩さないように大切にしながらも、今の自分の力で書ける新たな物語に書き直しました。昔読んだことのある方も、懐かしい気持ちになりつつも、リニューアルしたバードとリーブに会って、喜んでいただけたら嬉しいです。

リーブは容姿端麗、頭脳明晰、大魔導師にして大賢者とスパダリならぬスパハニです。一方のバードもスパダリなので、この二人はスーパーカップル……スパカプですね（そんな言葉は無い）私はどうも、黒髪に褐色の肌の攻め様が好きなようです。

　このお話は大団円を迎えています。が、お気づきの方もいらっしゃると思いますが、リーブの出生の秘密については解決していません。実はこのお話には続きがあるのですが、それが書籍化されるかどうか……気になる方はぜひリクエストをお願いします。

　そしてお忙しい中、挿絵を引き受けてくださった蓮川《はすかわ》愛《あい》先生には、五体投地でお礼を申し上げたいです。バードを『ゴリゴリに好みのタイプ』と言っていただいた言葉は一生の宝物に致します。バードをめちゃめちゃかっこよく描いていただき、リーブを目が潰れるほど美しく描いていただき、生きていて良かったと心から思いました。

　本という形になって手元に届くのがとても楽しみです。

　南の国シークは、私が住んでみたいと思う理想の楽園です。皆様がこの話を読んで、同じように「住んでみたい」と思ってもらえたら嬉しいな……と思いを馳せながら、またお会いできますように願っています。

飯田実樹

初出

我が王と賢者が囁く	商業誌未発表作「yes my master」を大幅改稿
後日譚	書き下ろし

この本を読んでの
ご意見・ご感想を
お寄せ下さい。

〒151-0051
東京都渋谷区千駄ヶ谷4-9-7
(株)幻冬舎コミックス　リンクス編集部
「飯田実樹《いいだみき》先生」係／「蓮川《はすかわ》 愛《あい》先生」係

リンクス ロマンス

我が王と賢者が囁く

2018年8月31日　第1刷発行

著者……………飯田実樹《いいだみき》
発行人…………石原正康
発行元…………株式会社　幻冬舎コミックス
〒151-0051　東京都渋谷区千駄ヶ谷4-9-7
TEL 03-5411-6431（編集）
発売元…………株式会社　幻冬舎
〒151-0051　東京都渋谷区千駄ヶ谷4-9-7
TEL 03-5411-6222（営業）
振替00120-8-767643
印刷・製本所…株式会社　光邦
検印廃止

ISBN978-4-344-84313-4 C0293
Printed in Japan

幻冬舎コミックスホームページ　http://www.gentosha-comics.net